新潮文庫

悪魔のいる天国

星 新 一 著

新 潮 社 版

2275

目次

悪魔のいる天国

合理主義者

エフ博士は、金属学者だった。博士ではあっても、まだ青年と呼べるほどの若さ。それは彼が学者として、いかに優秀であるかを示していた。

博士は金属的とも形容できるほど、徹底した合理主義者であった。といって、金銭に関して節約家であるとか、料理を見るとカロリー計算をしてしまうといったたぐいの、生活上のものではなく、物の考え方が厳格をきわめていたのである。彼の頭のなかには、いささかの不合理も、その介入を許されなかった。

ある夜、エフ博士は月の光をあび、ひとりで海岸の波打ちぎわにたたずんでいた。気をまわすのが好きな人は、

「ははあ、あいつも実際には内心ロマンチストで、女性にもてないのを悲しんでいるのだろう」

と思うだろうし、金もうけの好きな人は、

「さては、砂金でもそっとさがし出そうというのだろう」

と博士の専門から察し、つぶやくかもしれない。

だが、そのいずれでもなかった。博士の心は恋愛をうけつけなかったし、一攫千金《いっかくせんきん》といった山師的な人生観も持たなかった。もっとも、このへんに砂金の存在する可能性は、地質学的にあり得ないことと知っていた。博士は砂に含まれている微量元素を研究するため、その資料を採集にこの海岸に来たのだ。

博士はしかつめらしい表情で砂をすくいあげ、それを試験管のなかに集めていたが、そのうち妙なものを目にとめた。

それは、ひとつの壺《つぼ》であった。波で打ちあげられたものか、波に洗われて砂のなかから出てきたのかはわからなかったが、見たこともない異国的な印象を与える壺だった。

しかし、エフ博士は骨董品《こっとうひん》などには、まったく関心を抱かなかったので、それを足の先で軽くけとばした。

壺はころがり、栓《せん》がはずれる。なかから異様な服装をした男があらわれ、歩きつづけるエフ博士のうしろから呼びかけた。

「もしもし。どうも、ありがとうございました」

博士は思わずふりかえり、いつもの金属的な声をあげて聞いた。

「きみはだれだ。そんなかっこうで、こんなところに立ち、ありがとうとはどういうわけだ。わけがわからん」

「はい、わたしは長いあいだ、その壺のなかに押しこめられていた者です」

と男は壺を指さした。博士は男と壺を見くらべていたが、顔をしかめながら、おごそかに言った。

「そんな冗談はいかん。もっと合理的な説明をしてくれ」

「そんなことをおっしゃっても、わたしは古代アラビアの魔神で、本当にその壺に押しこめられていたのですから仕方ありません」

博士は、ますます苦《にが》い表情になった。

「魔神だと。とんでもない話だ。そんな子供だまし、いや、そんな話は、子供に対してもしてはいかん。教育上、害があるぞ」

「信じていただけないのは仕方ないとして、わたしとしては、壺から出していただいたお礼をしなければ、気がすみません。どんなお望みでも、三つだけかなえてさしあげます。どうぞ、おっしゃって下さい」

「どんなことでもだと。そんな言葉を使ってはいかん。世の中には可能なことと、不可能なことがある。それを無視してはいかん」

「では、いかがでしょう。うそだとお考えなら、だまされたとでも思って、なにかをおっしゃってみては。ひとつ、金の塊でもお出ししましょうか」

「なに、金だと。このへんには、砂金などあるはずがない。いいかげんなことを言うな」

「まあ、ごらんになって下さい。ところで金は、どれくらいの量にいたしましょう。純金の塊にいたしましょうか、それとも、十八金で、なにか彫刻のあるものにいたしましょうか」

「ひとをからかうのも、いいかげんにしろ。二度とそんなでたらめを言うな。そんなに出したかったら、いますぐ、一トンの金を自動車の形にして、ここに置いてみろ。どうだ、できまい」

博士が言い終るやいなや、その男は片手を振った。すると、あたりの空間になにかざわめきが起り、それはそこにあらわれた。

「さあ、どうぞ」

「や、これは驚いた。どこから持ってきたのか」

博士は歩みより、ポケットから出した装置を使い、分析にとりかかった。

「どうです。本物でしょう」

「なるほど、たしかに金だ。比重一九・三、融点一〇六三度、原子番号七九。金にまちがいない。それにしても、どうして、こんな物がここにあらわれたのだ」

「それは、わたしが魔神だからです。わたしの力が、おわかりになりましたか」

「わからん。これは不合理なことだ。どうせ、なにか種《たね》があるのだろう。では、こんどはこれを消してみろ。そのしかけを見破ってやるから」

エフ博士が目を大きく見開いてみつめている前で、月光に映《は》えていた黄金の自動車は、一瞬のうちに消え去った。

「この通りです」

「うむ。消えた。たしかに消えた。これこそありうべからざる現象だ。信じられぬ」

ぶつぶつつぶやいている博士に、魔神はこう言った。

「あとひとつ残っております。どんなご希望でしょうか。最後ですから慎重にお考えの上、おっしゃって下さい。どんなに複雑なことでも、けっこうでございます」

博士は、しばらくのあいだ首をふりながら考えたあげく、ついに最後の願いを言った。

「じつに恐るべき不合理だ。こんな現象が存在することは、許せない。わたしは、こんな経験などしたくなかった。きみはわたしのこの記憶を消し、その壺にもどって、どこかに行ってしまえ」

魔神は悲しそうな表情をしたが、たちまちのうちに姿を消した。

エフ博士はなにごともなかったように歩き去った。事実、彼の頭には不合理なことなど、なにひとつ入っていない。

浜辺にころがる栓のされた古い壺は、しばらく波にもてあそばれて、不満そうにふるえていたが、やがて、いつのまにか海のなかに引きこまれていった。

調査

その物体は、どこからともなく地上に到着した。

その地方は夜であった。夜といっても、まだ早い時刻。子供たちはなめるにつれ色の変ってゆくアメ玉を口に入れてテレビに熱中し、コマーシャルになると思い出したように手のひらにそれを出して、色の変りぐあいをたしかめる。読書好きの若者は長椅子《ながいす》の上にねそべって、推理小説の本のページをめくりつづける。家庭の主婦はとどいたばかりの小包みのヒモにはさみを入れ、亭主はまだ帰宅せず、おそらくどこかのヌードショウ劇場で裸になってゆく女性をみつめているのだろう。

もちろん、だれもかれもが、こうしていたわけではないが、こんな気分のただよう、すべてが常態で平和な夜だった。とんでもないというものは、えてして、こういった平和な時におこりやすい。

「あっ、あれはなんだ……」

戸外でけたたましい叫び声がおこり、だれもが熱中している自分の仕事をほうりだして、そとを見た。

「いったい、なにごとだ」

「あれだ、あれを見ろ」

指さしたのは、晴れた星々のきらめく夜空であった。そこを赤く長い尾をひいて横切るもの。

「飛行機の墜落ではないのか」

「そうでもなさそうだ。流れ星の一種かもしれない」

それを見たものはそう多くはなかったが、赤い炎の尾が町はずれの丘のむこうに消え、たちまちおこった轟音《ごうおん》と地ひびきは、大部分の人が耳にした。

「落ちたぞ。行ってみよう」

人びとは連れだって、ぞろぞろと丘にむかった。しかし、さすがに警察の行動のほうが早く、もうその一帯には非常線がはられていた。

「近よってはいかん。正体がわからないのだ。なにか、危険なものかもしれない。ここから先に行ってはいかん」

警官たちに止められた人びとは、丘の上から、話しあいながら見下す以外になかった。

「なんでしょう。妙なものですね。小形の宇宙船でしょうか」

「そうかもしれません。それにしても、どうしてこんな所に飛んできたのでしょう」

「じつにスマートな形ではありませんか」

その物体は、警察の車につけられている照明燈の光を受け、銀色に光り、暗い野原のなかに浮き出していた。宇宙船のようだとか、スマートな形だとかいう感想があてはまる通り、長さ二十メートル、直径五メートルぐらいの細長いもの。先端を土のなかに突っこんで、逆立ちしたようなかっこうだった。

しかし、人びとが感想をのべあっても、その正体の究明には、なんの役にもたたない。本格的な調査は、朝になってから手がつけられた。

「先生、こちらです」

その未知の物体が朝の日をあびはじめると、乗用車がつぎつぎと到着し、そのなかからきまじめな顔をした学者があらわれ、気どった動作で見つめはじめた。

「うむ。見なれない物だ。まあ、広い意味でミサイルの一種だろう」

「先生はその分野の専門家でいらっしゃいますが、これはどこの国のものでしょう」

「そこだ、ふしぎなのは。わしもいろいろ調べてきたが、どうも見たことがない形だ。それに、きみたちにはわかるまいが、あんな推進機関は、いままでの研究では考えられなかったものだ」

「では、秘密のうちに作られたとでも……」

「それもちょっと変だ。秘密に作ったものなら、こんな場所に落ちるようなへまはしないだろう。それにレーダー網だってあるから、飛ばした地点の気づかれる心配もある。どうも、わしの考えでは、地球上のものではなさそうに思う」

「では、ほかの星から送られてきたものですね」

「そう断定するのは、まだ早い。われわれ学者というものは、慎重なものだ」

「学者が慎重なのはいいですが、そう非論理的なことをおっしゃっては困ります。地球のものでなければ、ほかの星から送られてきたに、ちがいないじゃありませんか。それとも、あれが宇宙の空間で自然に発生し、地球の引力にひっぱられて落ちてきたとでもおっしゃるのですか」

「まあ、静かにしてくれ。どうも素人《しろうと》は、変な理屈をこねたがるものだ。これから調査にかかるのだから、あまりじゃまをしないでくれ」

学者は同僚や助手と相談し、仕事にかかった。まず、遠くから写真にとり、大きさを測定した。しかし、これでは正体の解明にはほど遠い。

「よし、電波をあててみろ」

複雑なアンテナをそなえた装置が運ばれ、電波があてられた。

「先生。やはり金属でできているようです。電波が反射します」

「なるほど。金属らしいことは、あの銀色でもわかるからな。すると、レーダー網の報告がなかったのは、大気圏をつきぬけて上からやってきたので、レーダーで捕えにくかったせいかもしれない」

「やはり、宇宙のどこからか飛んできた物となりますね」

金属製で宇宙から飛び込んできたらしい、とはわかっても、どこから手をつけていいか見当もつかなかった。

その時、さっきの装置をいじっていた助手が報告した。

「あのなかから、変な電波が発信されています。ほら、ごらんなさい」

その電波は、物体の尾部あたりから出ているらしく、意味ありげにメーターの針をゆらせた。

「うむ。たしかに断続的に電波が出ている。なかに、なにかがあるのだろう」

「先生。なにか、ではなく、だれか、かもしれませんよ。あの物体のなかに、だれかがいるのでしょう」

「そうかもしれぬ。だが、電波の意味は、さっぱりわからない」

「それはそうですよ。ほかの星の者が乗っているのですから。きっと、どこかの星のやつが宇宙旅行にでかけ、その途中で事故をおこし、不時着したのでしょう。あの電波は救助を求めるものにちがいありません。そうとしたら、ほっておけません。早く助け出して、できるだけのことをしてやりましょう。そして、地球人の親切なことを示してやりましょう」

と、若い助手は、いきごんだ調子で言った。学者はうなずきながら、その物体に近づき、ひとまわりした。それから、首をかしげながらつぶやいた。

「しかし、助け出すといっても、出入口がどこにあるのか、さっぱりわからぬ。どこをあけたものだろう。なかにだれかがいるとしたら、どうやって入ったのだろう」

そして、ぐるぐる周囲をまわりはじめた。助手たちもそのあとについてまわった。みなが、これではきりがないと思いはじめた時、とつぜん、物体に変化がおこった。

「あっ、皮がはがれた」

変な形容だが、まさにそんな感じだった。物体の外側をおおっていた銀色の金属らしいものが、ちょうど、花びらが開くようにぱらりとはげ落ちたのだった。

遠くから見ていた群衆は、歓声をあげた。

「ついに皮がはげましたね」

「いや、わたしは熟した栗《くり》の実が、地上に落ちてイガから出た、という感じをうけました。もしかしたら、あれは宇宙を流れてきた、くだものかもしれませんよ」

「学者たちは、なにかなかにいるらしい、と考えているそうですが、なかから宇宙人が飛び出してきたら、それこそおとぎ話ですね」

この、人びとのささやきあった宇宙のくだもの説を裏づけるような事態が、つづいておこった。それは物体の近くにいた者たちのあいだから、声となってひろがっていた。

「先生。なんだか、うまそうなにおいがしますね。腹がへってきた。どんな現象でしょうか」

助手は、思わずひきつけられた。そして、金属のおおいの下からあらわれた、ピンク色をしたゼリー状の物質に手をのばしかけた。それを見て、学者はあわてて声をかけた。

「まて。軽々しくさわるな、たしかにうまそうなにおいはするが、どんな物質かわからないのだ。長い棒を持ってきて、そっとかきとってみろ」

助手は棒をさがしに離れたが、そのにおいは群衆のほうへも広がっていった。

「いいにおいですな。動物質とも植物質ともつかないにおいですが、食欲が刺激されることはたしかです」

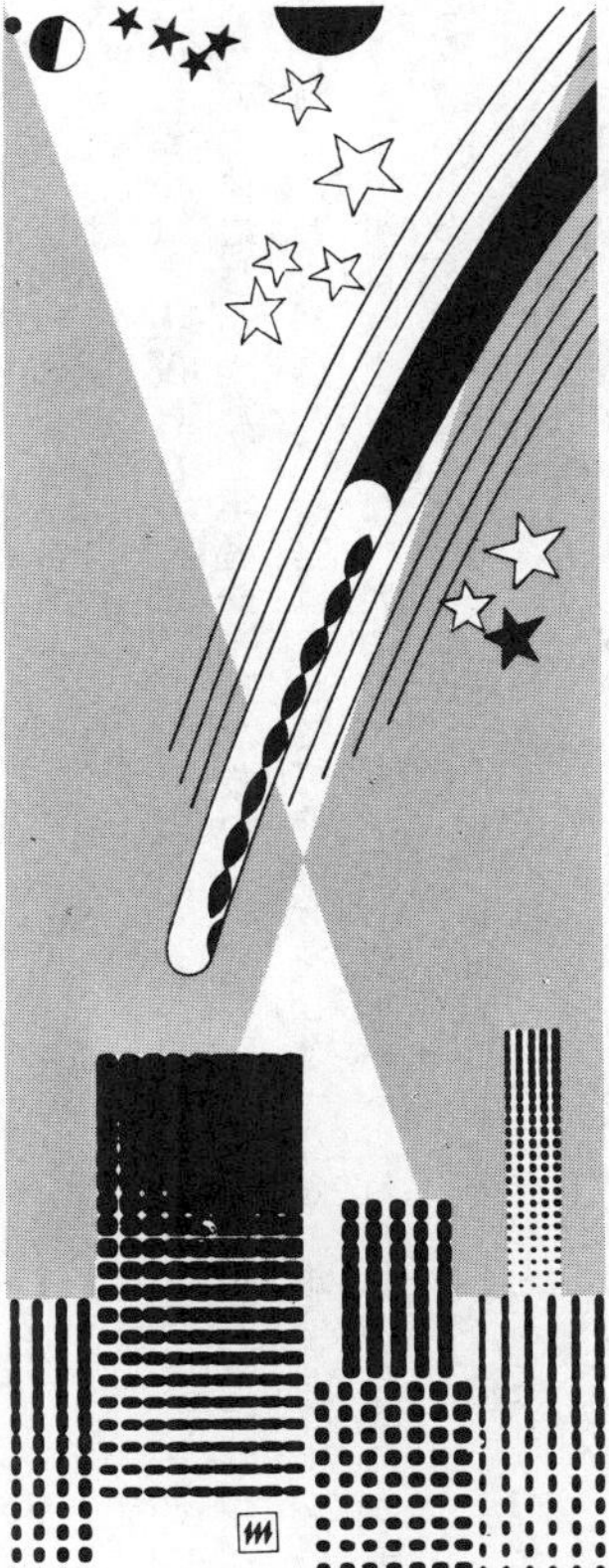

「わたしは、口のなかにつばがわいてきましたよ。ひと口でいいから、食べてみたくてならなくなってしまいました」

このにおいは、人間ばかりを刺激したのではなかった。人びとの間から一匹の犬がかけ出し、その物体にむかった。学者や警官たちがあわてているうちに、犬はそのピンク色のゼリー状物質にかじりついた。警官はあわててその犬をひきはなし、車のなかにつれこんだ。

「とうとう犬が食べましたな。犬に食べられるんですから、われわれ人間にも食べられるでしょう。いよいよ、宇宙のくだものですよ、あれは」

「だが、くだものにしては、あまりに人工的です。わたしはきっと、どこかの星からの、地球への贈り物だろうと思います。なにしろ、はじめての贈り物には食べ物が一番ですからね。実用品や趣味の品は、つきあって相手の生活を知ってから贈るべきです。食べ物なら文明の発達いかんにかかわらず、だれにでも喜ばれますよ」

と、人びとの間から、こんどは贈り物との説があらわれた。しかし、大ぜい集ると、なかにはひねくれたことを言い出す者もでてくる。

「そんなのんきな物ではないでしょう。喜ぶ品だからといって、贈り物とは限らない。魚にとって、釣糸の先についたえさが贈り物ですかね。おそらく、あのなかには釣針の作用をする物が入っているにきまっています。いい気になってあれにかじりついていると、あっというまに、なかからねばねばした液がにじみ出し、くっついて離れなくなるかもしれません。

すると、あわてふためく連中をくっつけたまま、あれが飛び上るしかけでしょう。人間が釣りあげられるわけですよ。人のいい連中は、そんな目にあうものです。世の中がそうじゃないですか。宇宙だってそうです」

物体のそばの学者たちも、もちろん慎重だった。助手が棒を運んできたので、はなれた所から、ゼリー状物質を回収にかかった。その物質はわりと柔かかったので、そぎとる作業は順調に進み、物質はつぎつぎと容器にみたされた。助手は言った。

「なんで、こんな物質が使われているのでしょうか」

「まったく、わからん。いずれ、ゆっくり分析してみることにしよう」

しかし、しばらくすると、また変化がおこった。

「先生。なにか下にかたい物があります。どうしましょう」

「では、作業を注意して進めろ。ゼリー状物質だけを、そっとかき落せ」

その作業が進むにつれ、下から茶色をおびた、かたそうなものがあらわれた。ふたたび、群衆たちは歓声をあげた。

「なんだ、芯《しん》まで食べられるのかと思ったら、外側少しだけじゃないですか。ひどいあげ底だ。あんな贈り物ってあるものか」

「いや、そう考えるのは早いでしょう。たぶん、あのなかには、なにか飲み物が入っているにちがいありません。酒だか、食後のコーヒーだかわかりませんが、飲み物だってきっとうまいにちがいありません。ほら、学者たちも刃物を準備しはじめました。まもなくわかりますよ。いずれ、さっきのゼリーも、これから出てくる飲み物も分析されるでしょう。地球の食生活も、ずっと向上しはじめますよ」

「ああ、刃物なんかで穴をあけたら、とんでもないことになる。あれはくだものの種子なんだ。あれをそのままとっておけば、いずれ成長して、たくさんの果実をならせてくれるのに。どうも人間はあせるからいかん。いままで、あせったために、どんなに多くの失敗をしてきたことか。いつ手に入るかわからない宇宙のくだものなのに」

などと、それぞれ勝手な観察をのべあった。一方、物体の近くの関係者たちは、もっとまともな意見をかわしていた。

「先生。どうして、ゼリー状物質の下から、かたそうなものがでてきたのでしょうか」

「うむ。どうやら一種のプラスチックらしい。これはわたしの想像だが、さっきのゼリー状のものは外壁と内壁との間をみたす充塡剤《じゅうてんざい》のようなものだろう。宇宙空間での温度変化を、内部に及ぼさないための物質だ。じつにうまいアイデアだな。そして、もしなかに乗っている者があるとすれば、不時着の場合に食料に転用できる物質にしておく。なかなかよく考えてある」

　その時、電波係がまた報告した。

「発信しつづけている電波の調子が、変ったようです。もちろん、意味はわかりませんが、早く仕事を進めてくれと呼びかけているのかもしれません」

「よし、いずれにしろ、調査を進めなければならない。そう特別にかたそうにも思えない。柄《え》のついたナイフで、ひっかいてみろ」

絶縁体の柄のついたナイフが伸ばされ、物体の表面をひっかいた。

「あっ、けずれます。いったい、なんでしょう」

「わからん。もっとけずりおとせ」

その作業が進むにつれ、茶色のプラスチック様の物質がけずられていった。

群衆も、どうなることかと見つめていた。

「いよいよ面白くなってきましたね。あれは、かつお節のようなもので、だしを取るためのものでしょうか」

「まさか、そんなことはないでしょうが、よくけずれますね。木の枝をけずっているような感じです」

依然として物体の正体は不明のまま、作業が進められていった。

「先生、なんでしょう。これは……」

「いずれ分析してみるが、おそらく燃料ではないかと思う。もっと、どんどんけずってみろ」

「変です。ナイフの刃がこぼれました。さらにかたい物が、下にあります」

「そうか。では、まずナイフでけずれる部分を取り除こう」

こんどは茶色が濃くなり、ナイフの歯が立たなくなった。そこで、モーターに連絡したドリルがむけられたが、よほどかたい物質らしく、ドリルでも穴をあけることができなかった。

「また、電波が変りました。早く出してくれ、と言っているのでしょうか、それとも、あけ方を教えているんでしょうか。意味がわかればいいんですが……」

「そういっても、言葉が通じないものは仕方がない。しかし、なかにだれかいるとしたら、どうやって入ったのだろう。なにかこつがあるのだろうか、あるいは、出入りするための特別な装置があるのだろうか。それにしても、ドリルも歯が立たないとは困った。では、温めてみるか。急に熱をあてるのも危険だから、アルコールランプ程度のものを近づけてみろ」

そこで、やはり遠くから、長い機械製の腕にのせたアルコールランプが伸ばされた。

人びとも身をかがめながら、こわごわと見つめていた。

「あれあれ、かたいように見えましたが、熱には弱いらしいですね。どろどろに、とけはじめましたよ」

「いったい、なかからどんな物がでてくるのか、見おわるまでは、とても帰れませんね」

一応、とけるべきものはとけた。しかし、その下から、アルコールの炎ではとけない部分があらわれてきた。

「よし、もっと熱をあげてみろ」

アルコールはもどされ、もっと高温の出せるバーナーにかわった。高熱の噴射が、バーナーから徐々に吹きつけられるにつれ、その物体はふたたびとけはじめた。

しかし、その作業も中断される時がきた。

「もう、いくら高温にしても、びくともしません。またも、行きどまりです」

だからといって、調査を中止するわけにもいかなかった。学者たちはなんとかこの壁を突破しようと、相談しあった。群衆もしだいに熱狂しはじめた。

「がんばれ、そこでやめるな。まだ試みてない方法も、あるはずだぞ」

と、学者たちに声援をおくる者さえでた。もちろん、声援があろうとなかろうと、学者たちは努力をつづけた。

「どうでしょう。こんどは冷やしてみましょうか」

「それは盲点だったかもしれない。やってみよう」

トラックで冷凍装置が運ばれ、それが未知の物体の一部に当てられた。その部分は冷却され、極度の低温に下げられた。

かすかに、ばりばりいう音がひびいた。

「なにか音がしたぞ。装置をはなしてみろ」

「先生。冷却した部分に、ひびが入ったようです」

これに勢いをえて、冷却させる作業が物体の全部の表面にほどこされた。それがすむと、ひびの入った層がつぎつぎとはげおちた。

「うまくいきましたね。しかし、まだ先があります」

こうなると、意地でもやめられない気分がみなぎってきた。群衆もさらに熱狂した。

「やめるな。科学とは、こんな時に使うためにあるんだぞ。最新の技術を、全部やってみろ」

たしかにその通りだった。なぞを未解決のままほっておくことは、文明の退歩を認めることだ。人びとに言われるまでもなく、関係者は放射線発生装置をとりよせた。

「よし、こんどは放射線だ。これを集中すれば、大部分の物質はもろくなる。さっそく、はじめろ」

「だけど、そんなことをしたら、なかの連中はどうなるんです」

「しかし、いまさら、そんなことも言っていられない。それに、なかに連中がいたとしても、大丈夫らしいぞ。いままでの高熱、低温でもまいっていない。はじめにくらべ、少しは変化しているが、あいかわらず電波は出つづけている」

電波は依然として、断続的に、意味ありげに発信されつづけている……。

巨大で青白い色の太陽を持つ、このある惑星の上では、大きな複雑な形のアンテナがずっと受信をつづけていた。

「どうだ。ほうぼうの星へ送った無人の小形宇宙船からの報告は」

「いま一台、受信中のがあります。しかし、よく考えたものですね、文明測定用の宇宙船とは」

「どうだ。そこではどの程度だ」

「そこにデーターが出ています。動物はたしかにおります。ゼリー状物質は食べたようです。そして、刃物を使う文明、火の発見の段階も越しています。高温、それに低温を作る技術も発達しています」

「すると、放射線を発生させる技術については、まだわからないか」

「いよいよ、これから受信にかかるところです」

「それにしても、けっこう文明の進んだ星もあるものだな。そんな星が宇宙に進出して暴れはじめたら、いずれはわれわれの星にも来るだろう。攻撃は最良の防衛だ。そろそろ、処置をしにでかける準備にかかるか」

「まあ、もう少しようすを見ましょう。放射線でこわれる層の下から出る猛毒ガスを、はたして防げるかどうか、それを待ってからでもおそくはないでしょう。もうすぐわかりますよ。ほら……」

デラックスな金庫

ほとんど全財産をつぎこんで、私は豪華きわまる大金庫を作った。ばかなことをするやつだ、と言うやつもある。だが、そんな連中だって、これとあまり大差ない。自動車を買って、いままでの倍の時間をかけて通勤し、とくいがる者。時間にルーズなくせに宝石つきの高価な時計を身につける者。趣味となると人は盲目的に金を使い、後悔しない。私の場合だってそれと同じだ。

家は手放してしまったので、アパートの一室に住んでいる。しかし、世の中には金庫を盗もうと考える者などいないから、外出の時も心配ない。

ひまさえあれば、金庫をみがくことに熱中する。鋼鉄製だが、外側は銀張りなのだ。ためつすがめつ眺め、少しでも曇りをみつけると、やわらかい布でこする。やさしく、そっと。ちょうど、多くの人が美人のはだに触れるように。それにつれて、金庫の表面は輝きをまし、私の姿をうつしはじめ、私は悦に入る。

楽しいその仕事が終り、夜となると、金庫のほうをむいてベッドの上に横になり、満足感とともに眠りに入る。じつにいい趣味ではないか。

「おい、起きろ」

　ある夜。とつぜん、ゆり起された。目をあけてみると、そばに覆面の男が立っていて、私にナイフをつきつけている。

「金庫にだけはさわらないでくれ」

と、思わず叫ぶ。だれだって、変なやつに趣味の品をさわられるのはいやだろう。しかし、気がつくと手足をしばられていたので、それ以上、どうすることもできなかった。

「声を出すな。前から目をつけていたのだ。さあ、そのあけ方を教えろ」

「しかし、なかには……」

「静かにしろ……」

　男は私にサルグツワをかけて言った。

「……さあ、紙にダイヤルの番号を書け」

　しかたがない。しばられたまま指をぎこちなく動かし、それを書いた。男は乱暴な手つきでダイヤルをまわした。目をそむけたくなるような気持ちだ。

オルゴールの「金と銀」の曲とともに扉が開き、なかの照明がついた。まばゆい黄金色の光が、そとにあふれ出た。金庫の内側が、金張りになっているからだ。私のように凝《こ》った趣味の者は、このように見えないところに金をかける。

男は目を細め、その光に魅せられたように思わずなかに歩み入る。それにつれ、扉が静かに閉じる。赤外線利用のこのしかけも、自慢のものだ。

「なんだ、なにもないじゃないか。あけろ」

なかから、かすかに声がした。だが、しばられていては、あけようがない。つづいて、あばれるけはいがする。うまいぐあいだ。あばれてくれれば自動的にサイレンが鳴りだす装置も、ついているのだ。すぐに、だれかがとんでくるだろう。

これでまた、犯人逮捕の金一封がもらえるというわけだ。そして、なかの金張りの厚さもふえる。どうだ、実益だってちゃんと、ともなっているではないか。

天国

「ああ、いっそ死んでしまいたくなった……」

バーのスタンドに両ひじをつき、だれに言うともなく、つぶやく。私の顔は前の大きな鏡にもうつっているが、あのように、いっこうにぱっとしない中年の男だ。いや、そろそろ初老に入りかけている。

「なんでまた、そんなことをおっしゃるのです」

それを耳にとめたバーテンが言った。お客は私のほかにだれもいず、店の者もこのバーテンのほか、だれもいない。それで、私の小さなつぶやきが聞かれたのだろう。

「生活の気力がおとろえた、とでも言うのだろうな。つとめ先では上役にどなられるばかりで、いっこうに昇進しないし、家に帰れば、うるさいばかりで面白くないワイフ。それに、このごろは息子が感心しない仲間とつきあいはじめた。人生がこれ以上よくならずにつづくものなら、死にたくもなるじゃないか」

「なるほど。そんなことから解放されたいわけですね」

「ああ、死ぬまでこの状態がつづくのなら、その終りを早めたくなるのが当然だろう」

「ごもっともです。なんでしたら、お手伝いをさせていただきましょうか。まあ、このウイスキーでもめしあがって、それからゆっくりご相談でも……」

バーテンはグラスをかえ、棚の片すみから見なれぬ形のびんをおろして、ついだ。

「……どうぞ」

彼は私の顔をじっと見つめた。しばらく考えたが、それを一気に飲む。

「楽に死ねる薬でも入っているというわけだな。いいだろう。この世には、もう未練もない」

「お察しの通りです。あなたは、天国行きの第一段階を通過なさいました」

と、バーテンはにっこり笑った。しかし、いくら待っても、苦しくもなんともならなかった。私はかっとなり、思わずどなりつけた。

「おい、冗談にもほどがある。毒なんか入っていないじゃないか。ひとの死ぬ覚悟をからかう種《たね》にするとは、たちが悪いぞ」

彼はまじめな顔になった。

「まあ、お待ちなさい。たしかに、毒は入っておりませんでした。しかし、天国へご案内することは、はっきりお約束いたします」

「どうも、よくわからないが……」

「いくら死にたいとおっしゃっても、生きたまま天国に行ければ、それに越したことはないでしょう。この世のわずらわしさと別れることができ、なに不自由のない余生を送ることができれば。しかも、お金はまったくいらないのです」

「もちろん、そんなことができればね。だが、考えられないことだ。だからこそ、死ぬ気になったのだ。それとも、ありうる話とでも言うのかね」

「さようでございます。その気になられましたか。いや、これ以上からかわれるのはごめんだ、とおっしゃるのでしたら、本物の毒薬をさしあげますが」

「たのむ。なんとか、その天国へ案内してくれ。この世に生まれたからには、できるなら、そんな生活も味わってみたい」

「そうですとも。では、明日このカードの所へおいで下さい。しかし、くれぐれも他人にお話しにならぬよう。天国に行けなくなるかもしれませんから……」

バーテンは一枚のカードをくれた。天使のマーク、エンジェル協会という文字、その所在地が刷りこんであった。半信半疑の話だが、打ち消せないような感じもあった。

そして、つぎの日、そこを訪れてみた。だめだったところで、もともとではないか。

「やあ、よくおいで下さいました。うちの勧誘員のひとりであるバーテンから連絡があったので、お待ちしていたところでした。わたしが担当者として、お世話いたします」

事務所にいた数人の社員のなかの、ひとりの青年が、礼儀正しくあいさつした。警戒心は少し薄れはしたものの、どうしても口にせずにはいられなかった。

「なんだか、うますぎる話のようですな」

「ご不審は、ごもっともです。じつは、この協会は社会奉仕的な面をも持っています。つまらない半生をすごしてこられた方を、少しでもお慰めするという。あなたがお考えになっておられるような、いいかげんなものではありませんから、その点はご安心下さい」

「ところで、天国にはいつ行けるのです」

「出発は、十日ほど先になりましょう。楽しみにお待ち下さい。ところで、きょうは写真をとらせていただきます」

「それはかまいませんが、たしかなんでしょうね」

「ご心配なく。おまかせ下さい。では、四日後にくわしい打ち合せをいたしますから、またおいでいただきましょう」

私は何枚かの写真をとられ、その日はそれで帰った。

四日後、ふたたびそこを訪れた。

「お待ちしていました。やっとできました。どうです、ごらんなさい。すばらしいでしょう」

そう言われて目をやった部屋の片すみには、私がいた。鏡にむかった時のようだ。

「これは驚いた。だれです。あれは……」

「もちろん、あなたですよ。このあいだの写真をもとに作らせた、あなたそっくりの人形です」

「そうでしたか。で、あれをどう使うのですか」

「こう使うのです」

と社員は、とつぜん私の手をねじりあげた。

「わあ。助けてくれ」

思わず大声をあげる。しかし、彼はすぐに手をはなし、頭をさげた。

「失礼しました。ちょっと、録音をとらせていただいたのです」

ますます、わけがわからなくなった。

「いったい、どういうことなのです。天国に行くのに、そう手数がかかるとは思わなかった。あんまり面倒なら、やめにしたいが」

「いえ、準備はこれで終りです。では、ご説明いたしましょう。このロボットは外見こそあなたそっくりですが、機能といえば少し歩けることと、いまの録音を叫ぶことだけです。しかし、それで充分です。まもなく死んでもらうのですから」

「そのロボットが死ぬと、なぜ、わたしが天国に行けるのです」

「おわかりになりませんか。世の中に対しては、あなたが死ぬわけです。そう、その前に生命保険に入っていただきます。もちろん、払込みは当方でいたします」

「なるほど。それで山分けというわけか。うまい方法だな」

「そうはまいりません。保険金は、すべて当方で受取ります。死んだ者がお金を使ってはおかしいし、万一、見つかったらことです。しかし、天国での生活は、わたしどもが保証いたします。天国では、お金などいりません」

「それもそうだ。ここまで来たからには信用しよう」

「ところで、死に方ですが、衆人環視のなかで、派手に死ぬことにします。滝壺、海、噴火口に落ちるといった、死体の残らない方法を選びますが、特になにかご希望でも……」

「いや、べつに。おまかせしよう」

「では、適当に選ばせていただきましょう」

数日後。港にそっとつながれている船の一室で待っていると、例の社員がやってきた。

「すべて順調にすみました。おかげさまで、わたしどもにも金が入りました。では、これから天国までお送りいたしましょう。順調に死ねて、おめでとうございます」

「自分が死んで、おめでとうを言われることになるとは、考えてもみなかった。ところで、どんな死に方をしたのか、知りたいな」

「水力発電所のダムに落ちました。あれなら、死体が発電装置にまきこまれ、こなごなでしょう。遠隔操縦でよろよろ足をすべらせ、わあ、助けてくれ、と叫びながら、人目をひいて、みごとな最期でした。わたしは万一の証拠にと、写真をとっておきました。どうです。報道写真にも売れそうですね」

渡された写真には、顔をこちらにむけ、真にせまった私の最期がうつっていた。

「ところで、これからどこへ……」

夜になり、船は南に進んでいた。波の音がふなばたを、快くなでていた。

「もちろん、お約束どおり、天国です。南の島に、当協会が外国の協会と共同で作った楽園がございます。すべてから解放され、なんでも手にはいる楽園が」

「そうだったのか。なんとお礼を言っていいか、わからない」

「喜んでいただけて、わたしもうれしい。半生を苦しんだかたには、当然それだけの権利があっていいはずです」

彼の言った通り、何日かのちには、その島についた。すがすがしい空気、潮のかおり、どこからか熱帯の花のにおいも。そして、設備のととのった、小ぎれいな住宅も。

「さあ、ここです。では、わたしはこれで……」

「ありがとう。こんな所で余生がすごせるとは。ああ、すべてが夢のようだ。しかし、なぜだろう、あの先輩たちの浮かぬ顔は……」

「さあ、あんまり楽しすぎるのでしょうね」

「そういうものかな」

まもなくその原因がわかった。私はそれを解決すべく、ボートを作りはじめることにした。それを見つけた管理員は、おまえもかといった調子で、私に言った。

「なにを作っているんだね。なにか不満でもあるのか」

「お願いです。見のがして下さい。欲しい物はなんでももらえ、不満はありません。だが、なぜか、あのどなる上役と、面白くもないワイフと、出来そこないの息子との生活が、なつかしくてたまりません。もう一度もどらせて下さい。どんなつぐないでもしますから」

「とんでもない話だ。天国からもどれるはずが、ないじゃないか。どうしてもあの世に行きたいなら、泳いで行くんだな。そうすれば、途中でおぼれて、どこかに生まれかわることができるかもしれない」

あ、そんな方法があったのか。では、それをやってみるとしよう。

無重力犯罪

「発射三十秒前、二十九、二十八……」

広い空港には宇宙船を遠巻きにして、大ぜいの人がむらがっていた。その上にスピーカーの秒読みの声が流れていった。地球の近くを通りすぎる小さな彗星《すいせい》を調査すべく、探検隊員たちの乗りこんだのが、まもなく出発するのである。

「三、二、一、発射」

目もくらむような炎が、とつぜん後部から噴射をはじめ、銀色に輝く巨体は上昇していった。

「もう、あんなに小さくなった」

「ぶじに任務を果たして、帰ってきてほしいものだな」

見まもる人びとは、こう話しあいながら、しだいに顔をあおむかせ、高い空に浮かんでいる白い雲のなかに影が消え去るのを見送った。

「ああ、とうとう見えなくなった。こんどは帰ってくるとき、また見にこよう」

と空港を埋めた人びとは、やがて散っていった。だが、そのなかに、いつまでも立ち去ろうともせず、空を見上げて薄気味わるい笑いを浮かべている男があった。

「怪しいやつだな。聞きたいことがあるから、ちょっといっしょに来てくれませんか」

と、不審に思った警官は、その男にこう呼びかけてみた。しかし、男は笑いながらこう答えた。

「えっ、わたしですか。いいですとも、行きましょう。しかし、だれもわたしをつかまえることなど、絶対にできませんよ。たとえ、あれに乗っていた探検隊員の連中が、みな焼け死んだとしても」

「なんだと……」

警官はその男を警察に連行した。男は抵抗もせずについてきた。さも自信ありげなようすで。

「なにか恐るべきことをたくらんでいるやつが、つかまったぞ」

と警察じゅうは色めき、刑事はただちにその男の取調べにとりかかった。

「いったい、どんなことをやったのだ。さしつかえなかったら説明してくれないかね」

男はゆうゆうと椅子にかけ、話し出した。

「してあげますとも。わたしも、あの宇宙船に乗りたくて志願した。それなのに、人選でまっ先にはねられた。どうも面白くない。それでやったのさ」

「そんなことを言ったって、人選には頭脳や身体のいろいろな検査がある。それに落ちれば、仕方がないじゃないか。で、いったいなにをやったんだ」

「わたしはあの荷物室に書類箱があるのを知っていた。そのなかに、いい物をかくしたんです。なんだと思います。ライターですよ。無重力になると押えてあるおもりがバネじかけで、しぜんにはなれ、火がつくようなライターをね」

「な、なんだと」

「火はめらめらと、そばの書類に燃えうつる。乗務員室のほうの連中が気づいた時には、荷物室は手のつけようのない火の海。だれもが、あわてて逃げようとする。しかし、どこに逃げられます。あいにく、そとは真空と極寒だけの宇宙空間だ。どうです。いい考えでしょう。いまごろ、連中はみんな焼け死んでしまったろう。ざまあみろだ」

刑事はまっさおになって電話をかけ、関係方面に連絡をした。そして、受話器をもどすや、どなりつけた。

「おまえは、とんでもないことをしやがったな。そんなことをするからには、ただではすまないと知っての上でか」

だが、男はあいもかわらず薄笑いを浮かべたまま。

「それくらい知ってますよ。それに、だれにもわたしをつかまえることが、できないこともね」

「なにをいう。あきらかに犯罪で、重罪にきまっている」

「そうですかね。しかし、有罪にするための証拠物件は、どうするんです。その物件は焼けた船体とともに、限りなく飛び去ってしまうんですからね。それとも、宇宙の果てまで追っかけて、手に入れますかね。そのあげく、たとえ手に入っても何百年か先のことでしょうね。いまさら、だれがどうさわいでも、むだでしょうよ」

答えようのない刑事にむかって、男は笑いつづけながら、あざけった。

そのとき、机の上の電話が鳴り、刑事はそれに出た。

「なになに、そうか。犯人はちゃんとつかまえたままだ。釈放はしないから大丈夫だ」

話しおえた刑事は、男にむかって、笑いながらこう言った。

「おまえはうまくやったつもりだろうが、そうばかりとは限らない。いま無電で宇宙船と連絡がつき、証拠物件が手に入った」

「や、失敗したのか。しかし、あのライターが点火しないはずは、ないのだが」

「おまえは、無重力のことをよく知らないのだ。無重力ではたしかに重さがなくなる。だが、重さがなくなるのは、おもりばかりとは限らない。すべての物がだ。空気でも同じこと。したがって温められた空気と、冷たい空気とでも重さは同じだ。つまり、対流が起らないのだ。だから、せっかくついたライターの火も、扇風機のついていない荷物室では、まわりの酸素を使ってしまうと、もうそれ以上は燃えることができず、すぐ消えてしまったというわけさ」

首をうなだれた男にむかって、刑事はタバコをさし出し、ライターをカチリといわせた。

「まあ、タバコでも吸うかい。ここでは重力があるから対流ができ、新しい空気がつぎつぎと補給されて、ゆっくり火がつけられる」

宇宙のキツネ

宇宙研究所に、キツネを連れた男が現れた。

「もしもし、どうしたんです。そんな物を持ちこんで。ここは、動物園じゃないんですよ。困りますね」

係員はこう注意したが、その男は説明した。

「いや、このキツネは、普通のキツネじゃないんです。わたしは、キツネについて長いこと研究をつづけてきました。あなたがたは、ご存知ないかもしれませんが、キツネには、化ける種類と化けない種類があるのです。わたしは、近ごろめっきり減少した、その化ける種類のキツネをつかまえ、飼育し、しだいに数もふえてきました」

「ははあ、妙なことをおやりですな。しかし、宇宙研究所に、なんのためにおいでになったのですか」

「じつは、そのキツネを、こちらでお買いあげいただけないものかと、見本に一匹つれて、やってきたわけです」

「しかし、宇宙とキツネとは、どんな関係にあるのか、ちょっとご説明を……」

「南極探検なら、カラフト犬もいいでしょうが、宇宙探検のときには、犬のように一つのことしかできないものでは困ります。まあ、話より、実際を見ていただいたほうが早いでしょう」

半信半疑の所員たちの前で、実験が行われた。男のあいずで、キツネはたちまちカラフト犬に化け、ソリをひっぱった。

「どうです。これだけで、すでにカラフト犬にまさることが、おわかりでしょう」

つぎには馬に化け、人をのせて走りまわったし、ブタにも化けた。

「どうです。いよいよ食料が欠乏したら、こうして食べればいいわけです。ブタのきらいな人なら、ウシにでも、トリにでも、ご自由です」

人びとの驚嘆はしだいに高まり、最後に絶

世の美女に化けたとき、最高潮に達した。

「うーん、これはみごとだ。これなら宇宙で孤独を味わわなくてすむ」

「いかがでしょう。船内の限られた広さに積めて、これだけ役に立つ動物はいないと思いますが……」

だれもが同感だった。

それでも、念のためにと、本格的な検討が行われることになった。操縦士がひとりえらばれ、そのキツネを連れて、宇宙船で飛び立ったのだ。

そして、一週間たって、それは空港に帰還した。人びとの見まもるうちに、ドアが開き、操縦士が現れた。みなは、口々に聞いた。

「どうだ。役に立ったか」

「ああ、まあまあだね」

「味はどうだったか」

「なんとか食える、といったところだね」

そのうち、ひとりが操縦士の尻《しり》のあたりを指さして聞いた。

「しかし、尻につけている、その変なものはなんだい……」

誘《ゆう》拐《かい》

電話のベルが、待ちかねていた博士の前で鳴った。

彼は、それに手をのばした。受話器の奥から、低い声が伝わってきた。

「もしもし、ご主人はおいでですか」

「ああ、わたしだが」

「有名なエストレラ博士に、まちがいありませんか」

「いかにもエストレラだが、いったいどなたです」

「それは申しあげられませんが、用件については、およそお察し下さったのではないでしょうかね」

声の終りは、冷たい笑いに変った。

「あっ、ではおまえが……」

と、博士は声をとぎらせた。相手は平然とした声。

「その通り。博士のお子さんは、ちゃんとここで、おやすみになっていらっしゃいます」

博士は声をふるわせた。

「わたしの大切な子供を連れ去るとは、どういうつもりだ。まだ、生まれて一年にもならない子を……」

「そんなに大切なお子さんなら、自動車のなかにおいたまま、用たしなんかに行かないことですな」

「あ、やはり、あの時につれ出したのか、ちょっと頭痛の薬を買いに下りただけだったのに。さては、前からねらっていたのだな」

「まあまあ、博士。じたばたしないで、科学者らしく現実を認めたらどうです」

「いったい、なんで、そんなことをしたのか。わたしにうらみでもあるなら、わたしに対して行なったらどうなのだ。卑怯な……」

「いや、わたしには博士へのうらみなどありません。むしろ尊敬しているぐらいです」

「では、どういうつもりなんだ。妻も悲しみのあまり、ねこんでしまった」

　この時、相手の声は気がかりらしい響きをおびた。

「まさか博士、警察に届けたのではないでしょうね」

「いや、まだ届けてはない。万一の場合を考えて、もうしばらく電話のかかるのを待つことにしていたところだ。だから、子供だけは傷つけないでくれ」

「さすがは博士、それだけお話がわかれば、ご心配はおかけしません。お子さんのことは大丈夫。では、さっそく取引きにうつりましょう」

「取引きだと。しかし、子供をさらって金を要求する罪の重いことは、知っての上だろうな」

「それは知っての上ですよ。だが、へんなことをなさったら、お子さんがどうなっても知りませんぜ」

「ま、まってくれ。いくら欲しいんだ」

「ざっくばらんに申しましょう。博士が完成されて秘密にしておられるといううわさの、ロボットの設計図」

「えっ。いや、それは困る」

「お困りになるのは、勝手ですがね」

「あれは、わたしが世の悪をこらすために作ったものだ。おまえのような者の手に、渡すわけにはゆかぬ。額は望み通りにするから、なんとか金ですましてくれ」

「しかし、博士がいつもおっしゃるように、研究は金で買えませんのでね。それに、その設計図を金にするのは、きっとわたしのほうが博士よりうまいでしょうよ」

「ああ、なんというやつだ。おまえは、それでも人間か」

「その通り。ロボットでない証拠に、ちゃんとこの通り欲があります」

「おまえのようなやつは、生かしておけぬ」

「どうか、興奮なさらぬよう。お子さんをおあずかりしていることを、お忘れなく」

「うむ、やむを得ない。取引きに応じよう」

「そうですよ。それでこそ賢明な博士です」

「しかし、わたしの坊やは、たしかにおまえのところにいるのだな」

「そのことは、ご心配なく。そばの長椅子の上で、さっきからずっと、おとなしくおやすみですよ」

「そうか、それでほっとした。しかし、念のために、声を聞かせてくれ」

「まだ、なにもしゃべれないでしょうに」

「いや、泣き声でいいのだ。泣き声さえ聞かせてくれれば、わたしも安心して取引きに応じよう」

「いいんですかい、泣かせても」

「わたしは坊やの無事なことを、たしかめたいのだ。ひとつ耳を引っぱってみてくれ。坊やはどういうわけか、耳の神経が敏感で、おとなしく寝ている時でも、耳を引っぱればすぐに泣き出す」

「変な癖ですね。まあいいでしょう。やってあげましょう。だが、泣き声を聞きつけて、ひとが来るとうるさい。窓をしめきってからにしますぜ」

「それは勝手だ。気になるなら、ドアにもカギをかけておいていい」

「なんですって」

「なんでもいい。早く泣き声を聞かせてくれ。無事な証拠を示してくれ」

「お待ちなさい。いま、やってあげます。それがすんだら、取引きの方法に移りましょう」

相手の声はしばらくとぎれ、窓をしめているらしい音がした。そして、小さな声が聞こえた。

「坊や、おとうさんが泣き声を聞きたいとさ。痛くても、ちょっとがまんしな」

博士は受話器を耳に押しつける手に力を加えて待った。はげしい爆発音が響いてきた。

受話器をもとにもどした博士は、うれしそうに笑った。

「耳が引き金になっていたとは、気がつくまい。悪人がまたひとりへった」

情熱

「大変な予算になりますね」

と、ひとりが言ったのに対し、所長が答えた。

「ええ。しかし、どうしてもこれだけの装備は、必要なのです」

宇宙研究所の会議室では、所長をはじめ大ぜいの関係者たちが集り、机の上の設計図をとりかこんで検討をつづけていた。

だれもが費用の膨大なことを口にはしたが、それにもかかわらず、人びとの目は輝きにみちていた。その設計図には、巨大な宇宙船が描かれてある。

「まったく、大きなものになりますね」

「ええ。これは今までに完成した、火星、金星などを訪れるものとは、その規模がちがいます。わが太陽系を脱出し、広い空間を越えて、べつの太陽系を訪れ、そして、帰るためのものですから」

所長は、図面のほうぼうを指さした。充分な広さを持った乗員室。大量の食料、燃料などの貯蔵室。完備した操縦機構。目的の星についてからのデータを記録する、カメラをはじめとする、さまざまな精巧な装置。

所長は、説明をつけ加えた。

「問題は距離なのです。太陽系内での宇宙旅行を、近所の散歩にたとえれば、べつの太陽系を訪れる恒星間飛行は、外国旅行にあたるでしょう。距離、そして、それをたどる時間との戦いなのです」

所長の話に、関係者はうなずきあった。

「たとえ、どんなに費用がかかっても、この計画は実行されなければならない」

「そうだ。すでに太陽系内の惑星をすべて探検しつくした現在、恒星間飛行は全人類の悲願なのだ。もちろん、少数の懐疑論者はいつの時代にもある。だが、大部分の者は、純粋な気持ちで、この計画を支持している。どんなに膨大でも、予算が通り、この設計が実現することはまちがいない」

所長はつぎに、そばの書類の山を指さした。

「これを見て下さい。乗員を志願する者は、こんなに大ぜいいるのです。多くの精密な検査をすませた、適格者たちです。この熱意がある限り、必ず計画は成功しましょう」

「このなかから、男女二名ずつ、合計四名が選ばれて乗員となるわけですね」

「そうです。さっきもお話ししたように、恒星間飛行は、距離と時間への挑戦なのです。なにしろ、片道二百年近い時間なのですから、とても一代では到達できません。最初の乗員の孫たちの時代になって、やっと目的の星に行きつけるのです」

会議室のなかは、感嘆のため息であふれた。

「ああ、じつにすばらしい若い人たちだ。なんの変化もない宇宙で、人生の大部分をすごし、目的地への途中で一生が終るとわかっていながら、進んで志願したのだから」

「人類の期待にこたえるために、自己をささげる。ヒューマニズムの華といえよう」

「そうだとも。このような、未来を信ずるエネルギーが、文明を高めるもとなのだ。この設計を完成した技術者も、費用を出す人びとも、また、われわれだって、この宇宙船がもたらす報告を知る前に世を去らなければならない。それでも、われわれは実行するのだ。若い人たちを乗せた宇宙船は、人類の未来を信じて無限の空間を越えるのだ」

感激は高まった。人類をはばもうとする無限の空間。だが、なんとしてでも、やりとげてみせる。

その時。部屋の片すみでブザーが鳴った。

「なんだ。いまは会議中だ。急用なのか」

と、所長はインターフォンに言った。

「はい、緊急の事件です。正体不明の大きな宇宙船が、地球に接近しているのです」

「それは一隻か」

「はい一隻です。しかし、いままで観察を継続してきたところでは、べつに敵意はないようです。こちらの光線信号にも、応答しております。とりあえず空港に誘導しようと思いますが、どうでしょう」

「そうか。では、警戒をつづけながら、空港への誘導をつづけてくれ。われわれも、すぐ空港に行くから」

所長は命令し終って、関係者に告げた。

「いまお聞きのように、どこかの星からの宇宙船が訪れてきたようです。偶然とはいえ、こんな時に訪れてきたのは幸運でもありましょう。われわれの計画に対して、参考になることが、もたらされるにちがいありません。それによって、われわれの計画は、さらに完全なものになるでしょう」

会議は中断され、一同は緊張に包まれた街を急いで、空港にむかった。

その未知の大宇宙船は、銀色にきらめきながら、着陸をはじめていた。

「大きなものですな」

「われわれの設計図も、完成の暁にはあれぐらいになるはずです」

「なにしに、きたのでしょう」

みなの注視のうちに、それは着陸をおえた。しばらくしてドアが開き、

「どんなやつが出てくるだろう」

と、ささやきあう声のなかに、ふらふらした足どりで、ひとりの宇宙人があらわれた。

「なんだ、われわれに似ているじゃないか」

「ほとんど、そっくりだ」

しかし、呼びかけても、言葉は通じなかった。まもなく、脳波検知機が持ち出され、それが宇宙人に手渡された。手まねで、それを頭につけるようにすすめてみると、すなおにそれに従い、意志の疎通ができはじめた。

「よくいらっしゃいました。乗っていらっしゃるのは、大ぜいですか」

最初の呼びかけは、こうだった。すると、相手は答えてきた。

「わたしひとりです」

聞きたいことは山のようにあったが、遠い空間のかなたからの訪問者に対し、やつぎ早の質問はさしひかえられた。そして、大急ぎで、用意されたホテルへの案内がなされた。

ホテルへの道すじで、人びとは物かげから珍しげに、自動車の上の客をのぞいていた。一方、宇宙人もそれ以上の好奇の目で、このはじめての星の風景を、きょろきょろ見まわしているようすだった。

料理が出され、酒が出され、いくらか落ち着いたらしいので、ふたたび宇宙人への質問がはじめられた。

「あの宇宙船を、おひとりで操縦して、ここまでいらっしゃったのですか」

「結果としてはそうなった。しかし、われわれの星を出発した時には、四人だった」

「そうでしたか。それで、ほかの三人はどうなさったのです」

「いや、四人とも、ずっと前に死んでしまった」

「というと……」

「その四人とは、わたしの祖父や祖母たちだ。その子供が、つまり、わたしの両親だ。三代かかって、やっと着いたことになる」

人びとは、顔をみあわせた。やはり、どこも同じような方法をとるものだ、といった感想を示しあって言った。

「あなたがたの計画も、そうだったのですか。それは実に、大変な努力だったでしょう。この地球でも、これから、その方法を試みようとしているところです。ぜひ、あなたのような時間と空間の征服者に、いろいろ教えていただきたいものです。時間との戦い。それは非常に忍耐のいるものでしょうが、どうやって、それに立ちむかったのです」

「どうもこうも、あるものじゃない。わたしがものごころついた時には、宇宙のただなか。戻るわけにもいかず、そとへ飛び出すわけにもいかない状態のまま時間がたって、そのあげく、ここに着いただけだ」

こう言われてみると、当り前のことではあるが、なんとなく物足りないような感じもした。人びとの期待したものは、未知の世界への情熱を燃やしつづけ、退屈と孤独を克服しつづける姿だったのだ。そこで、質問が切りかえられた。

「あなたの星の文明は、どんなでしょう」

「そんなことは、わたしの知ってるわけがないじゃないか。わたしは空間の途中で生まれたのだから、なにも知らない。宇宙船のなかをさがしてみたこともあったが、探検ロケットなので、なにも積んでない。こんなことになるのなら、なにか持ってくればよかったが、ちょっと戻って取ってくる、というわけにもいかないな。といって、これはわたしのせいではないよ」

「それでも、おじいさんたちから、いろいろとお話を聞いたでしょう」

「いや、じつは、わたしはじいさんたちを知らないんだ。わたしが生まれる前に死んでしまった。なぜなら、じいさんたちは、としとってから子供を作った。食料の量の問題もあり、それに、できるだけ一代を長びかせなければならないからな」

人びとは、ざわめきながら質問をつづけた。

「最初に乗り込まれた四人のひとは、ずいぶん苦労したのでしょうね」

「ああ、それはたしからしい。わたしのおやじの話では、じいさんたちは、むやみやたらに張り切って、出発してきたらしい。人びとの期待にこたえなければならぬ、とか叫んで。おやじたちは、耳にたこができるぐらい、それを聞かされて育ったらしい」

「その気持ちは、よくわかりますよ。なんとかして、宇宙船を目的の星にとどけなければならないわけですから」

「しかし、わたしには、あまりぴんとこない。直接に聞いたわけではないからな。それに、おやじも、あまりわたしには話さなかった。この気持ちのほうは、よくわかる。逃げ場のない宇宙船のなかで、見たこともない故郷の連中からの期待にこたえろ、と絶えず叫ばれたら、さぞうんざりするだろう。わたしはそんな目にあわないで、まだしもよかった」

人びとは、また目を見あわせ、顔を少ししかめながら、最後の質問に移った。

「ところで、あなたはこれから、どうされるのですか」

「じつは、どうしたものか、よくわからんのだ。おやじの教えでは、この太陽系の惑星を調べ、資料を整理して帰途につけ、というのだった。そして、寿命のある限り飛びつづけ、最後に自動操縦に切り換えろ、そうすれば、途中まで出むかえた連中が見つけ出して、われわれの星に資料を持ち帰るそうだ。この方法以外には、ないらしい」

「では、わたしたちも、資料を集めるお手伝いをしましょう」

「いや、ご好意はありがたいが、わたしは宇宙旅行はあきあきした。もう、これで打ち切りにしたい」

「しかし、それでは、おくにの星で待っていらっしゃるかたが……」

「そのことが、わたしにはどうも、ぴんとこない。会ったこともない連中に対して、なにかの感情を持てといっても、それは無理だ。わたしはむしろ、あなたがたのほうがずっと好きだ。ここはなかなか、いい星じゃないですか」

「それで、どうなさるおつもりですか」

「さっきから考えていたのだが、わたしはこの星で暮したくなった。いいだろう。まさか、わたしを宇宙に追いかえして、殺してしまうほど残酷じゃないんでしょう」

「それは、ご自由ですが……」

みなは声をひそめてささやきあった。

「未知への情熱に燃えて、宇宙のただなかで一生を終った祖父たち。これを知ったら、さぞなげくことだろう」

「ああ。われわれも計画を考えなおさなければなるまい。三代目が、こうなってしまうものなら」

周囲のようすの変ったのを感じて、偉大なる空間の征服者は、恐縮しながら、こんなことを言った。

「なにか問題があるのですか。わたしは、めいわくを決しておかけしません。問題がお金のことでしたら、わたしの宇宙船を買い上げて下さい。いえ、わたしの当分の生活費さえあればいいんですから、安くていいんです。つぶしの値段でも」

お地蔵さまのくれたクマ

「ねえ、おじいちゃん。また、こわい夢を見たんだよ」

朝の日のあたる窓辺の椅子にかけている祖父に、坊やがいらいらした声で言った。

「坊や。夢なんてものはね、朝になればみんな消えていってしまうんだから、そんなにこわがるんじゃないよ……」

祖父は、坊やの頭をなでながら答えた。窓は、潮の香を含んだすがすがしい風を迎え入れている。二人は港の近く、小高い丘の上にある家に住んでいるのだ。

いくつもの船が静かに休んでいるその港に目をやりながら、祖父は言葉をつづけた。

「……あと三月もすれば、お父さんの乗った船があの港に帰ってくるから、おとなしく待っていなければいけないよ」

坊やの父は船員で、いまは遠い外国の港をまわっているのだった。そして、母は坊やを生むとまもなく死に、この家での生活は祖父と孫との二人だけでつづけられていた。

「だって、ぼくはもう、こわい夢を見たくないんだよ。どうしたらいいの」

だが祖父にはどうしたらいいのか考えつかなかった。父や母のいない暮しのさびしさが、こわい夢を見させるのだろうとはわかっていても、だからといって、どうしようもないのだった。

「また、こんばんも、きっと見るよ」

祖父が答えないので、坊やはからだを揺らせながら声を高くした。

「そうだね。どうしたらいいだろうね」

祖父は低い声でつぶやき、首をかしげていたが、やがて言った。

「ああ、それではお地蔵さまにおまいりにいこうかね」

「お地蔵さまにおまいりすれば、こわい夢を見なくなるの」

「そうだよ」

祖父は、こう答える以外になかった。

「じゃあ、すぐ行こうよ」

坊やは、祖父の骨ばった手をひっぱった。

「そうするかい。それならお供えする花を庭から持って行こうね」

祖父は花バサミをさがし、二人は朝露のまだ乾ききらない庭に下りた。祖父は垣根にまつわって咲いているバラの花を何輪か切り、茎のトゲをもいでから坊やに渡した。

「さあ、これを持っていくんだよ」

「うん」

杖《つえ》をついた祖父と花を抱えた坊やの二人は、丘の道を下り、ふもとの小さな森のそばにあるお地蔵さまにむかった。

「さあ、お花をちゃんと供えて、よくお願いするんだよ」

坊やは小さい手を合わせて、二、三回頭を下げた。

「お地蔵さま。もう、こわい夢を見ないようにして下さい」

と、うしろで祖父が言うのをまねして、同じように坊やは言い、

「もう今夜から、だいじょうぶだね」

と、うれしそうにとびはねた。

「それじゃあ、これから町まで行ってみようか」

「うん、ぼく、アイスクリームが食べたいな」

二人は港町を散歩し、公園で休んだ。草花とハトの多い公園で、ひとときが過ぎた。昼ちかく二人が丘の家に帰ってみると、父からの小包がとどいていた。

「お父さんからだよ」

「なにが入っているのだろう」

坊やが開いた包みのなかからは、ボールが出てきた。そのボールは美しく彩色され、なかには鈴が入れてあって、はずませるたびに美しい音色をひびかせた。父が外国の港で買って、送ってくれたのだ。その日、坊やは寝るまでそのボールで遊んでいた。

つぎの朝、祖父は聞いた。

「どうだった。また、こわい夢を見たかい」

「夢は見たけど、こわいことはなかったよ」

「どんな夢を見たんだい」

「お鼻の長いクマちゃんだよ。いっしょに遊んだんだけど、とてもかわいいんだ」

「よかったね」

祖父はほっと一安心した。アイスクリームと父からの小包とで、さびしさが少し薄らいだのだろうと思った。

そして、しばらく、二人の静かで平和な日が続いた。

「もう、このごろは、こわい夢を見なくなったのかい」

「ああ、お鼻の長いクマちゃんの夢ばかりだよ。あれ、なんていう動物なの。絵本にも出ていないんだよ」

「さあ、クマに似ているのかい」

「うん。しっぽは牛のみたいだな。やさしい目つきをしていて、夢で会うたびに少しずつ大きくなっていくようだよ」

祖父はひたいに手を当てて考えていたが、しばらくして言った。

「ああ、それは、きっとバクっていう動物だよ」

「バクちゃん……」

「うん。こわい夢を食べてくれる動物なんだ。きっと、坊やがお願いしたので、お地蔵さまが一匹わけてくれたんだよ。かわいがってやらなくては、いけないよ」

「ぼくたち、とっても仲よしなんだ。早く大きくならないかなあ。そしたら、バクちゃんの背中に乗って遊べるんだけど」

「そのうち大きくなるよ。坊やのこわい夢をみんな食べてくれて、大きくなるんだよ」

祖父は目にやさしい微笑を浮かべながら、坊やの頭をなでた。

夕方ちかく、家のそばで鈴の入ったボールをころがして遊んでいた坊やは、ふいに、うしろから乱暴な声をかけられた。

「おい、それを貸してみな」

驚いてふりむくと、そこには意地の悪そうな目つきの子供が立っていた。

「面白そうな物じゃないか」

その子供は坊やより大きく、強そうだった。

「いやだい」

「けちなことを言わずに、よこしなよ」

その子供は、命令するような口調で言い、坊やの肩をこづいた。

坊やは、こわさで、口もきけないほどふるえた。前につづけて見たこわい夢と同じようだった。

「バクちゃん、助けて」

「ばかとは、なんだ。早く、よこせよ」

その子供の手は強かった。坊やはボールをなげ出し、泣き声をあげながら家にかけもどった。ボールは音をひびかせながら丘の道をころがり、乱暴な子供はそれを追っかけつづけた。広い道と交差するところで、勢いよく走ってきたダンプカーの下敷きになるまで。

泣きながら寝床に入った坊やは、いつしか眠った。バクは、前の日より、ずっと大きくなっていた。

「ずいぶん大きくなったんだね。なにを食べたの」

だが、バクは答えず、満腹したような色をいつものかわいい目にたたえながら、坊やを見つめていた。

「なにを食べたんでもいいや。ぼくはバクちゃんの背中にまたがりたくて、大きくなるのを待っていたんだよ」

坊やはバクにまたがり、急に大きくなったバクのやわらかい毛に、うれしそうにさわった。

黄金のオウム

壁の時計は午前二時を示していたが、この部屋のなかには、まだ灯がついていた。片すみのベッドの上では、無表情な電気スタンドの光をうけて、ひとりの青年が、さっきから同じことをくりかえしていた。

目をぱちぱちさせて、ため息をつく。時計に目をやる。まくらもとの雑誌をひろい読みし、つまらなそうにページを閉じる。今夜もまた、彼にはなかなか眠気が訪れてこないのだ。

彼に夕食後に、濃いコーヒーを飲む習慣があるわけでもない。といって、よくあるように、あすの朝の出勤を気にしているわけでもない。彼はつとめ先の、電気会社の技師の職を、少し前にやめてしまったのだ。

そして、独立して仕事をはじめようとして、資金をつぎこんだまではよかったが、いっこうに利益があがってこない。しかし、いまさらもとの職に戻るわけにもいかず、前途のことを考えると、目はさえてくる一方だった。だれだって、将来の見とおしがまるで立っていない夜ほど、眠れない夜はないだろう。

彼は本を閉じ、気になるようすで、ぼんやりとドアに顔をむけた。そして、ため息をつこうとしかけたが、不意にそれをやめた。彼の視線の先にあるドアのにぎりが、少しずつ、そっと動きはじめたのだ。息をのんでみつめているうちに、にぎりは一杯にまわり、つづいてドアが開きはじめた。もはや、眠れないどころの、さわぎではなかった。

そこから音もたてずにおどりこんできたのは、黒い布で顔をおおった二人の男。

そのひとりは言った。

「おっと、声をおたてにならないように。それから、電話機などに手を伸ばさぬよう。なにしろ、こっちには、こういうものがありますから」

黒い拳銃《けんじゅう》がにぶく光って、彼の胸に迫ってきた。青年は、声を出すわけにはいかなかった。

「なにも、命までもらうつもりはない。いただくものさえ、いただければ」

もうひとりの男は、部屋じゅうをざっと見まわしていたが、窓ぎわに歩みより、

「兄貴。これでしたね」

と、言いながら、そこにあった金色のオウムの置物をだきあげた。

「そうだ。早くそれをカバンにつめろ」

拳銃をつきつけられたまま、青年はかすれたような声を出した。

「あ、そればかりは。その純金のオウムだけは困ります。ぼくが苦心して作った、商売道具ですから」

拳銃の持ち主は、あざけるような笑いで答えた。

「そんなことを言っても、むだだぜ。たのまれて盗むのをやめた強盗など、聞いたことがあるかい」

「それは充分に知っていますが、そこをなんとか……」

「だめだ。おれは金が好きなんだ。それに、こんな物を外からちらちら見える窓ぎわに置いて、おれたちを刺激したおまえさんにも責任がある。挑発的な服装をしていて、痴漢におそわれた女の子と同じことだ。まあ、自業自得とあきらめるんだな」

「なんと、ひどいことを。三分の理どころか、理屈もなにもありはしない。ほかの物はなんでも渡しますから、どうか、そのオウムだけはかんべんしてください」

「うるさい。それに、ほかには大した物もないじゃないか。あ、そうだ。それから警察にとどけたら、ただではすまないぞ」

「は、はい」

「とどけたとわかったら、この拳銃の弾丸が、どこからともなく、おまえさんに飛びつくかもしれない」

「わかりました。決して警察にはとどけません。誓います」

「よし。おい、ひきあげよう」

拳銃の主と、金のオウムをカバンに入れた男の二人組は、ドアのそとの闇《やみ》に消えた。

「兄貴。やはり、うまくいきましたね」

　夜ふけの道を走る自動車のなかで、二人組は声をかわしあった。

「ああ。おれたちの仕事には、いつも手ぬかりはない。決して指紋も残さなければ、顔も見られない。このあいだ宝石商をおそった時のように、万一、顔を見られたときには、殺してしまうから大丈夫だ。おい、あとはつけられていないだろうな」

「心配ありません」

　自動車は速力をあげたり、落したりしながら、まわり道をして、彼らのかくれ家にたどりついた。

「つきましたぜ。われわれのかくれ家が、このAアパートの三階とは、だれも気がつかないでしょうな」

「さあ、そのカバンを部屋に運べ」

　彼らは、部屋のなかでカバンをあけた。

「きれいなものですね」

「ああ、黄金の色だけは、いつ見ても楽しい。目にしみるようでもあり、心がなごやかになるようでもあり、それでいて、頭がすがすがしくなる。おれは金が大好きだ」

「だれだってそうですよ。しかし、あの青年は、こんな物を作って、どんな商売をやるつもりだったんでしょう」

「わからん。おおかた、これをご神体にして、オウム教とかいう宗教でもはじめるつもりだったのかもしれぬ。まあ、そんなことはどうでもいい。あしたは、さっそくこれをつぶして、延べ棒にしよう」

「では、寝るとしましょうか」

「まあ、まて、その前に、いままでのかせぎの計算をしよう。おれはそれをやらないと、寝つけないんだ。さあ、電卓……」

まばゆい金色のオウムの前で、電卓のボタンを押しつづけた。

つぎの朝。ドアにノックの音がした。

「だれだろう。おい、早くオウムをかくせ」

眠い目をこすりながら、ドアをあけたとたん、眠気は一度に消えた。そこに立っている、長い棒と四角い箱を持った男は、たしかに昨夜の青年だったのだ。しかし、そしらぬ顔をよそおい、あいさつをした。

「どなたです。それに、なんのご用です」

「きのうお持ち帰りになった、金のオウムをおかえしください」

「なんのことです。あなたはわたしの顔に、見おぼえでもあるのですか」

「いや、お顔を見るのははじめてですが、金のオウムはここにあるはずです」

「知らんものは知らん。それとも、いんねんでもつけにきたのか」

と、男はちょっとすごんで見せたが、青年は落ち着いて手に持った箱をあけ、テープレコーダーを取り出した。

「とんでもない。これです。あのオウムのなかには、マイクと小型無線機が入れてあります。これこそ、ぼくの苦心の発明。ぼくはすべてを記録し終わり、このアンテナで発信地をたずねてきたわけです」

青年は片手で長い棒を示し、片手でレコーダーのスイッチを入れた。テープがまわりはじめるにつれ、

〈兄貴。やはり、うまくいきましたね。……ああ。おれたちの仕事には、いつも手ぬかりはない……〉

という会話が流れ出してきた。

「どうです。性能がいいから、声までそっくりだ」

「や。こんなしかけとは、気がつかなかった。だが、こうなっては、ただでは帰せない。おまえさんには死んでもらい、そのテープを燃やすまでだ」

ふたたび拳銃がつきつけられたが、青年は平然としたものだ。

「それはいけません。このコピーはとってあり、ぼくが死んだら、すぐ警察に送るように、友人にあずけてありますから」

「ちくしょう。いったい、おれたちを、どうしようというのだ」

「ぼくも、話のわからない人間ではありません。それに、すべては考えた上ではじめた商売

なのです。ひとつ、取引きといきましょう」

「なんだと……」

「ずいぶんかせいでいるくせに、けちなことを言ってはいけませんよ。しかし、あなたがたは最初のお客だ。少し負けてあげるとして、どうです、毎月こんなところで……」

と、青年はそばの電卓を拾いあげた。

その夜。きのう眠らなかったにもかかわらず、眠気はなかなか彼を訪れなかった。青年はベッドの上で、目をぱちぱちさせながら、窓ぎわの金のオウムを眺めていた。人間というものは、すばらしい前途を確信した晩も、なかなか眠くならないものらしい。

シンデレラ

大きな植木が多く、手入れのゆきとどいた広い庭。それに面した凝ったつくりの家。そのなかの、高価な骨董で飾られた部屋。

この家の主人である老人にむかって、来客の中年の男は、しきりに頭を下げていた。そして、その男は上目づかいに老人を見あげ、つくり笑いをうかべながら、何度目かの言葉を口にした。

「ぜひ、ひとつ、なにか仕事をまわしていただきたいのですが」

老人は、顔をしかめて言った。

「きみとは昔からの知りあいだ。景気の悪いのは気の毒だと思うし、なんとか仕事をまわしたいとも思う。しかし、この前にたのんだ調査も、ずいぶん、いいかげんだった。興信所をやるからには、正確が第一だ。これでは、たのみたくても考えざるをえない」

「しかし、こんどこそは、かならず……」

男は必死にたのみ、老人はしばらく目を閉じていたが、やがて、こう言った。

「たのみたいことが、ないわけではない。さがしてもらいたい者がいるのだ。そのことを考えると、眠れぬぐらい心が痛む。できたら、その人をさがし出したいのだが……」

「はっ、おまかせいただければ、きっとご期待にそうよう努めます。で、その人物とは、どういうおかたなんですか」

と、男はすかさず、身をのりだした。

「話しにくいことだが、わしの子供なのじゃ。だが、いま会社をまかせているむすこのことではない。わしのさがしたいのは、もう一人の子供。わしが二十年前に、ある女とのあいだにつくった、女の子のことなのだ」

「そんなことがあったとは、存じませんでした。ところで、そのかたをさがし出して、どうなさるおつもりなので」

「この家をゆずりたいのだ」

「え、この家を……」

男は、あらためて部屋を、家を、そして庭を眺め、ため息をついた。

「ああ、この家をだ。わしの財産のうち、事業はすべてむすこにゆずるつもりだが、この家のほうはその女の子にゆずりたいと思うのだ」

男は思いがけない話に、緊張と興奮とで目を光らせ、うわずった声で聞いた。

「なんでまた、この大きなお屋敷を。それで、いったい、その女の子の特徴は」

老人は、低い、落ち着いた声で話しはじめた。

「当時、その母親とわしとのあいだで、このことは一切かたがついた。その女はまもなく死んだそうだが、そのご、その子供の消息はまったく聞かない。いまさら、そんなむかしの事を掘りかえして恥をさらすことはないのだが、年のせいか、このごろ、そのことが気になってならない。おそらく、その子をいま見ても、顔つきではわかるまいが」

「それでは、手がかりとなるものは……」

「いや、二つの大きな特徴がある。ひとつは左手の親指がないことだ」

「え、親指が……」

「ああ、そうなんだ。そして、もうひとつは、しりの右側に大きなやけどの跡があるはずだ。いずれも、生まれてまもなく、思わぬ事故がつづいたせいなのだ。そして、いまごろは年ごろになって、さぞ悩んでいるだろうと思うと、じつに気の毒だ。雲をつかむような話だが、この二つの特徴のある、二十歳の女の子といえば、さがし出せないこともあるまい。どうだろう。時間はかかってもいいし、調査費用は毎週払うが、やってみてくれないかね」

「はあ。こんな大きなお仕事をおまかせいただけるとは、夢にも思いませんでした。きっと、さがし出しますから、安心してお待ちください」

男はよろこんで部屋から出て行った。


数カ月たった。

老人は、男の訪問をうけた。

「あれ以来、ほうぼうさがしましたが、やっとご期待にこたえることができました」

「そうか。まさか、さがし出せるとは思わなかったが。しかも、こんな早くとは……」

「わたしも、大いに努力しました。そして、きょうお連れいたしました」

男が指さした部屋の入口に、一人の女が身を固くして立っていた。

「おとうさま」

と呼びかけなくてはならないが、なれていないためか緊張のせいか、それが声になって出ず、口のまわりがふるえているように見えた。

「さあ、おとうさまに左手をごらんに入れなさい」

男にうながされ、彼女はうしろに回していた左手を、おずおずと前にのばした。それには、この豪華な邸宅に匹敵する価値を示して、親指がついていなかった。

「では、やけどの跡のほうも」

と男が言ったが、老人は手を振って答えた。

「いや、見るまでもあるまい。実際、よくさがし出してくれた。ごくろうだった。さあ、約束の報酬だ」

老人は、札束を渡した。

「こちらさまに喜んでいただけて、わたしも、こんなうれしいことはございません。では、お二人で、ごゆっくりとお話しなさって下さい。わたしはこれで」

と女のほうにまばたきをしながら帰りかけた男を、老人は呼びとめた。

「あ、帰るなら、この女も連れていってくれ」

「え、それはまた、なぜで」

「じつは、作り話だったのだ。きみにただ金をあげては、自尊心を傷つけると思って、架空の仕事を考え出してたのんだわけだよ。しかし、まさか見つかるとはね」

老人は親指のない女の手をみつめながら、友情と、想像と、快楽のまざった笑いを、しわの多い口もとにあらわした。

こん

「では、おつぎのかた」

神経科医の声に応じて、診察室に男と女が入ってきた。男は、おろおろしたようすだったし、女は目をつりあげた顔つきをしていた。医者は二人を椅子にかけさせ、話しかけた。

「ええと、どちらが、つきそいのかたでしょうか」

「わたしです……」

と男が答え、事情を話しはじめた。

「……じつは、家内が、昨夜とつぜん、キツネツキになってしまいました。なんとか、なおしてください」

「キツネツキとは珍しい。どんなぐあいなのです、くわしく話してみてください」

「きのうの夜、わたしが家に帰ると、家内がとつぜん、目をつりあげ、こん、と一声高く叫んだきり。それから、ずっと、口をききません」

「なるほど。では、よく診察してみることにしましょう」

医者は、いろいろな装置を使い、精密な検査にとりかかった。男は、心配そうにそれを見つめ、ときどき質問した。

「どうなんですか。やはり、キツネがとりついたんでしょうか」

「いや。いまどき、キツネがつくはずはありません。精密検査の結果によりますと、これは、思考中断の症状のようですな」

「というと、どんな病気なのですか」

「つまりですね。患者はその時、なにか精神的に、大きなショックを受けたようです。そのとたん、一種のひきつけを起したのです。そして、それから、いっさいの思考が停止してしまった。といった状態なのです。口をきかないのも、そのためです。なにか、ショックとなった心当りはありませんか」

「さあ、気がつきません。ところで、こん、と叫んだのはなぜでしょうか」

「それは、わたしにもわかりません。文献にものっていません。珍しい例です」

と、医者は首をかしげた。

「それで、なおりましょうか」

「ええ。簡単になおります。なおれば、ショックの原因も、こん、と叫んだなぞもとけましょう。では、注射をうっておきます。まもなく薬がきき、停止していた思考が再開するでしょう」

医者は、女の腕に注射をうった。しばらくすると、こわばっていた女の表情に変化があらわれはじめた。

「薬が、きいてきたようです。なにか話しかけてごらんなさい」

と医者が言い、男は呼びかけた。

「おい、気がついたか。おれだ」

それにつれ、女の目は、さらにつりあがった。そして、キツネのなき声のつづきを叫んだ。

「……ど浮気《うわき》したら、承知しないわよ」

叫びながら、指さす男の胸のワイシャツには、はっきりと、口紅のあとが……。

ピーターパンの島

ウエンディと、そのほかの大ぜいの子供たちは、いっせいに歓声をあげた。海賊船。いま、ここにあるのは夢にまで見た海賊船なのだから。黒ずんだ色をした木造の船体。ピッチをぬりこんだ甲板。海のにおいのしみこんだ太いロープ。

子供たちはあたりを駆けまわり、それぞれを手でなで、腕を押しつけ、ほほをすりよせ、においをかいだ。あまりのうれしさで、その歓声は泣き声のような響きをおびて、潮風とともに揺れつづけた。

それに、この帆柱。広い海に出てから一杯に帆が張られ、風を受けとめながら船を押し進める帆柱。それには縄梯子《なわばしご》がかけられ、上のはじには黒い旗がひるがえっていた。そこに白く染め抜かれている模様は、いうまでもなく海賊の印だ。

そして、旗の上の高い空には、細い三日月が金色に輝き、さっきから少しずつ明るさをましていた。夕やみが、この港をも包みはじめているのだった。

もちろん、港には、ほかにこんな船はない。どれも帆柱はもちろん、煙突もなく、複雑な形のアンテナを持った軽合金製の船ばかりだ。波をたてることもなく、目的地めがけてまっすぐに滑るだけの能力しかない船。内部は多くの色のプラスチックで虹《にじ》のように仕上げられ、その乗客は、目的地につくまでの時間を、地上となんのちがいもなくすごせることだけに満足する。

「あ、船長だ……」

子供たちの歓声は、ふたたび高まった。船長が船橋にあらわれたのだ。しかも、その姿は子供たちが心に描いていたものと、こまかい点までまったく同じだった。

長いマント。独特の帽子。肩にとまっている、考え深そうな顔つきのオウム。腰に下げた剣。右手に持った長い望遠鏡。そして、左手には、左手にはなにもなかった。左手の先は鉤《かぎ》だったのだから。さらに、鋭く冷たく、ちょっと残酷そうな船長の目つきまで、すべてが夢から抜け出してきたものだった。

船長は命令を下した。低い声ではあったが、目つきと同じように鋭く冷たく、船のすみずみまで響いていった。船乗りの用語らしく、意味はわからなかったが、その調子はやはり子供たちの考えていたものと同じだった。

子供たちは、それをまねて叫びあった。ひとしきりそれが繰り返されているうちに、船はゆっくりと岸壁をはなれ、ぴかぴか光るスマートな船のあいだをぬって、港のそとへむかいはじめた。つぎつぎと張られる帆、まわされる舵《かじ》などから、どの子供も目をはなそうとしなかった。

夜が、海の上にひろがってきた。港はますます遠ざかり、夜光塗料がぬられ噴水のようにわきでる照明をうけて、光り輝いているビルの群は小さくなっていった。そして、それは海の上を舞う一匹のホタルのようになり、ついには水平線のむこうに沈んでいった。

子供たちは、やっと船室に入った。だが、だれも眠ろうとはせず、車座になって、ほてった顔をむかいあわせ、それぞれ勝手なことをわめきつづけた。

波は窓の下の船腹をこすりながら、あわ立つような音をたてて船を揺らせる。それにともなって、天井から下っている黄色いランプが、子供たちの影を伸びちぢみさせた。

波の音。くりかえされる揺れ。大きなゆりかごのなかにいるようなものだが、子供たちの興奮は、いつ静まるとも思えなかった。

「チューリップのお花のなかには、小さな子供が住んでいるのね」

一年ほど前に、ウエンディがこの言葉を口にした時、両親は顔色を変えた。そして、しばらくはおたがいに声も出さずに見つめあい、どちらからともなく、深いため息をついた。

「どうして、こんなことに……」

「われわれにこんな子が生まれたとは、とても信じられない」

と、つぶやきながら、この現実がうそであることを願った。

もちろん、いままでウエンディに妖精《ようせい》の話をした者はいない。両親がそんな話をするはずがなかったし、テレビの画面にも、どんな印刷物にも現れたことはなかった。ずっと以前から、そのようなことは厳重に禁止されていたのだから。

「やれるだけのことは、やってみましょうよ」

「ああ、おそらくだめかも知れないがね」

と、両親はいちおう手をつくした。図書館から教育用の録画を借りてきて、壁の大きなスクリーンに映し出してみせるのだ。画面には植物の構造、花の断面などが、つぎつぎとあらわれた。そこには情緒などまったくなかったが、科学的な正確さはあった。

「ほら、これがお花だよ。よくごらん」

「ね。お花のなかには、小さな子供なんかいないでしょ」

ウエンディはそれを見ているのか、見ていないのか、長いまつ毛の下では夢見るような目つきがつづいていた。そして、いちおう終ったとき、小さくつぶやいた。

「お花のなかには、小さな子供がいるのよ」

それでも、両親はあきらめずに、あらゆる努力をつづけた。ウエンディが暗闇のなかに、妖精や怪物を見つけ出しているらしいのに気がつくと、家じゅうを柔らかい光でみたした。ウエンディが頭から毛布をかぶって暗闇を作り出すのに気がつくと、室内の温度をあげて、毛布を取りあげた。しかし、彼女から暗闇を完全に取りあげてしまうことは不可能だった。まぶたを閉じることによって作るそれには、手のつけようがないのだから。

だが、どうしても手のつけようがないとわかった時、両親はついにあきらめ、ウエンディを特殊な学校に入れることにした。それは社会に対する義務でもあった。そのままにして、ほかの子供に影響が及ぶのを防がなければならないのだ。

この時代。それまで長いあいだ、人びとと仲よくすごしてきた妖精や怪物たちは、いまやどこにもいなくなっていた。森が切り開かれると森から消え、インドやアフリカの奥地にハイウエイが縦横に通るようになれば、そこからも消え、湖や海の底からも消えた。さらに、南極の氷の下にも、月の洞穴にもいなくなり、火星の砂漠からも、虚空にひっそりと浮かぶ、

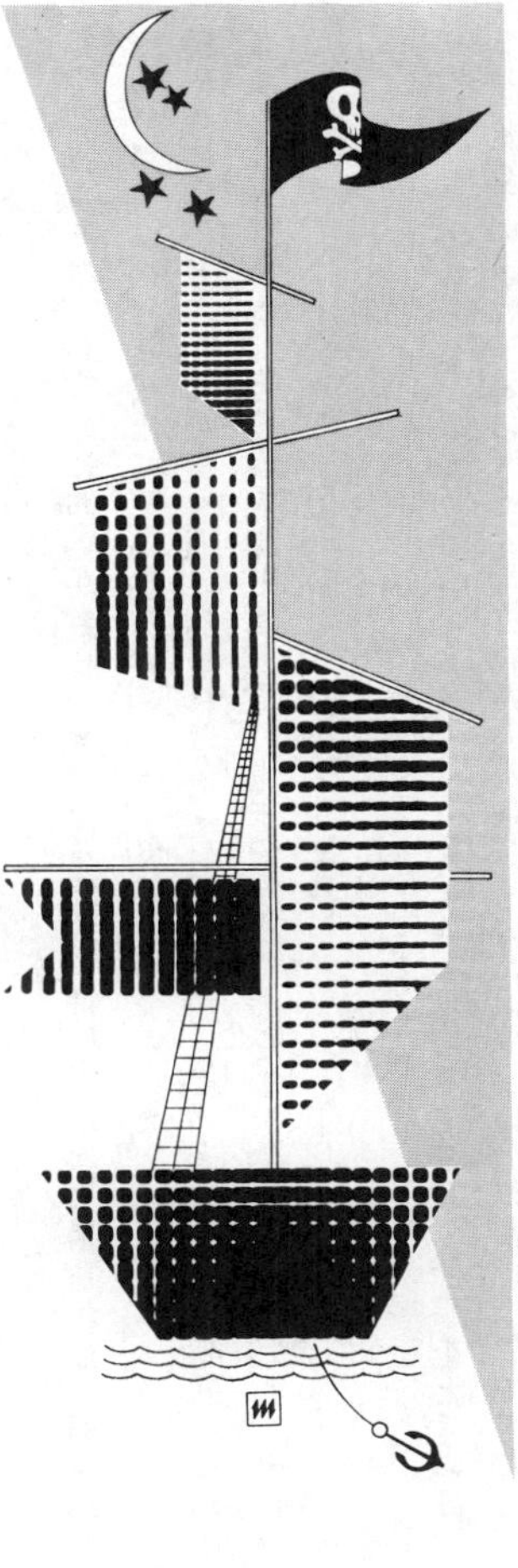

たくさんの小惑星からも追い払われた。

妖精や怪物たちは、科学のにおいがきらいなのだろうか。神秘の霧は太陽系から一掃され、人びとは、妖精など宇宙のどこにもいないのだと、知るようになった。

妖精や怪物は、どの空間からも追い払われたが、しばらく前まで、過去という時間のなかには、まだ住んでいた。多くの人たちは、その過去の怪物たちをも退治しようとした。若い学者たちは、ガーガー音のでる機械のたぐいをふりまわし、

「なにも、いまさら調べるまでもないじゃないか」

と、つぶやきながらも、沼をかきまわしたり、トーテム・ポールをこわす仕事をとくいげにつづけた。そのようすには、そんな怪物たちを信じていた人間が自分たちの祖先であるのを、恥じるような感じもあった。

こうして、過去という時間のなかに住んでいた怪物たちも滅亡していった。

しかし、妖精や怪物たちには、まだ、最後のかくれ家があった。彼らに残されたかくれ家とは、一部の人たちの意識の底であった。もちろん、大部分の人間には、彼らのひそむ余地など残されていない。だが、時どきは、その余地を持った者が生まれるのだった。

この女の子、ウエンディのように。

「ウエンディちゃんは、Bのクラスに入っていただきます」

と、特殊学校の担当者は、ウエンディの綿密な検査を終えてから言った。

「えっ……」

と、両親はさらに表情を暗くした。Aのクラスは矯正《きょうせい》が可能と思われる子供を入れ、Bのクラスはそれが不可能と思われる子を収容するのだ。

「お気の毒です。だが、まだ見込みがないわけではありません。逆の環境に入れられ、なにかの拍子に、ふとなおる例もあるのですから」

といっても、それはあまり期待できないことなのだ。

特殊学校のBのクラスは、都会からまったくはなれた地方にあった。そこには、この目的のために取りこわしをしなかった古い城がある。うしろには深い森があり、石垣にはツタがからまり、城のなかは暗く、ひんやりとして、いつもどこからかカビのようなにおいがただよってくる。息を切らせながら、らせん状の階段をあがって、塔の上から眺めると、遠くに海を見ることもできた。

世界の各地から、ウエンディのような子供たちが、ここに送られてくる。そして、親たちの表情とは逆に、子供たちの目は急に輝きをますのだった。

都会の普通の学校ならば、明るいガラス張りの建物のなかで、清潔な先生たちが清潔な生徒たちに、清潔なことばかり教える。花をむしり、ヘビを解剖し、化学薬品をまぜあわせ、高倍率の顕微鏡をのぞきこむ。こうして、社会の進歩に役立つ、健康的で建設的な人間が、たえまなく作られているのだ。社会という巨大な機械の歯車は、あくまで規格に正確に合っていなければならないのだから。

一方、ウエンディたちの学校は、これとはまったくちがっていた。妖精をさがして花をやさしくのぞきこんでまわり、小鳥に話しかける。宝石を作ろうとして魔法の薬をまぜあわせ、夜になれば、月の王子を呼ぼうとして、声をあわせて歌をうたう。

普通の学校の立体映像室で、遺伝子の種類が教えられている時間に、この学校では、壁に書かれたアラビアン・ナイトの絵を指さしながら、だれもが夢中になって物語りをしあうのだった。

また、夜。都会のビルの地下プールで、プラスチックの小型潜水艦に入った子供たちが、明るい水中照明のなかでおたがいにぶつかりあって遊んでいる時、ウエンディたちは幽霊たちの踊りをちょっとでも見ようとして、手をつないで、森のなかをこわごわとうろつく。

ウエンディの両親も、ほかの子供たちの両親と同じように、時どき面会にきた。いっしょに連れてきたウエンディの弟は、姉を説きふせるよう言いふくめられているのか、いつも、すぐに話しかける。

「妖精なんか、どこにもいやしないよ」

「いるわよ」

と、彼女は言いかえす。

「じゃあ、見たことあるのかい。どこにいるんだい」

「暗闇のなかにいるのよ」

「暗闇のなかじゃあ、見えないじゃないか」

「それが見えるのよ」

と、話は合わない。

「妖精がいたとしても、そんな小さいのなら、頭なんかもさぞ悪いだろうな」

「そんなことはないわ。頭はずっといいのよ」

話が一致しないまま、弟はしだいに軽蔑したような表情になり、両親は悲しそうな顔つきになる。ウエンディに限らず、どの両親の場合も、最後にはみな、すごすごと帰ってゆくのだった。

城の子供たちは、暗い物かげ、塔の上、森のなかの小川のほとりなどに、何人かが集って、妖精や魔法使い、人魚、鬼、仙人、雪女、そのほかいろいろのお化けについて、一日じゅう語りあう。

そして、話す種がつきると、先生をさがして、新しい話をねだる。

「ねえ、先生。古代エジプトの呪《のろ》いのお話か、海賊たちがやった占いのお話をしてよ」

「それより、海の底の怪物か、巨人のいる星の話がいいな」

いずれも、普通の学校でなら聞けない話だし、たとえ、聞けたとしても、普通の子供たちだったなら、一笑に付してしまう話だ。なぜなら、スフィンクスや海賊は、現代とはまったたく関係のないと、いうべき過去の存在だし、深海も惑星も、人間によってくまなく調査され、なにもないことがはっきりしているのだから。

先生は、ねだられるままに、つぎつぎと話して聞かせる。選抜されてここに勤務している職員は、特別に禁断の本を読むことを許されているので、子供たちに話してやることができるのだ。そして、話しながら、そっと子供たちのようすを観察し、あとでその反応のデーターをくわしく記録する。このような話に疑問を抱きはじめる子があらわれれば、それは報告され、Aのクラスに移されるのだが、そんな例は、職員の期待に反してごく少ない。

このようにして、クリスマスが近づいた。クリスマスの風習はここだけに残っている。科学的に意味のない日を祝おうなどと、考える者はほかにいないのだ。火星到達記念日。ヴィールス合成記念日。このような日を、一般の人びとはカラー・スクリーンの上にひろがるアブストラクトの動きをバックに、油のきれた機械のような音楽と、原色のカクテルに興奮しながら、踊りすごすのだ。

しかし、ウエンディたちは、気のついた時にお祭りをやった。

「きょうはシンドバッドの出航記念日だぞ」

と、だれかが言い出せば、そうきまってしまう。その夜は、粘土で作られたアラジンのランプに灯がともされる。

「今晩は孫悟空の誕生日だ」

と、きまれば、みなはおサルになり、紙吹雪を飛ばしあう。

しかし、クリスマスは本当のお祭りだ。なんでも持ってきてくれるはずのサンタクロース。子供たちは、サンタクロースになにをたのもうかと相談した。そして、その要求は、とても欲張ったものになった。

「海賊船にのって、天使のように翼のある人の住む島に行きたい。そこで妖精や、魔法使いや、人魚などにあいたい」

どうしても、こうなってしまうのだ。この願いは手紙に書かれ、先生に渡された。その手紙を読んだ先生は、子供たちが去ってから、電話をかけ、顔をゆがめながら、告げた。

「ああ、また例年のように、お願いしなければなりませんな」

雪が降り、積もり、クリスマス・イブになった。雪の上にソリを走らせ、約束どおり、サンタクロースがお城に来た。ソリは子供たちが作っておいた、妖精やお化けの雪だるまのそばで止った。

「ねえ、いつ連れてってくれるの」

と、みなは歓声をあげながら、口々に聞き、サンタクロースは、

「あした迎えにきてくれるように、たのんであるよ」

と、やさしい声で答えた。その夜、城のなかは、ろうそくの灯と歌声で、おそくまでみち

ていた。つぎの日、昔風の船員の服をつけた男があらわれ、

「さあ、出かけましょうか」

と迎えた。子供たちはソリに乗り、雪のつきた所からは馬車にのりかえ、港にむかった。その途中、大きく整然としたビルの並ぶ、都会の道路を通った。だが、それを窓から見た子供たちは、

「あれはみんな、うそなんだね」

「そうさ。なにかのまちがいさ」

などと話しあっていた。馬車のすみのほうに乗っていた先生は、それをゆううつそうに聞いていた。

やがて馬車は港につき、そこで先生と別れ、岸壁に用意されていた海賊船に乗りこみ、子供たちは歓声をあげたのだった。

夜があけた。船は帆をふくらませて、南に進みつづけていた。少しずつ暖かくなってゆく潮風のなかで、子供たちは甲板をかけまわったり、マストによじのぼったりした。船長の望遠鏡をかりて、もっともらしく水平線にむける子もあった。気がむくと、海賊の歌が合唱された。

時どき、白い海の鳥が船の上を飛んで過ぎ、とび魚が波の上にはねていた。

また夜になると、子供たちは船員にお話をせがんだ。海坊主、幽霊船。だれもが熱心に聞きいった。ここには、他人の空想を破壊することに無上の快感をおぼえるといった、清潔な子供はひとりもいない。

いく日かの航海ののちに、遠くに小さな島影が見えた。

「きっと、あの島だよ」

「そうさ。ぼくもすぐわかった」

子供たちの話し声を聞きながら、船長は口かず少なく、その島に舵をむけるよう命令を下した。

島は近づき、砂浜に寄せる白い波、こんもりとした森、島の中央にある小高い山が、しだいにはっきりわかってきた。

夜になると、あの砂浜に人魚があらわれ、月の光に歌声をひびかせるだろう。森の中の道は、長い杖をついた魔法使いのおばあさんが歩いているだろうし、大きな樹の下には小人たちの家があるはずだ。

かくされた宝石は洞穴の奥にあるんだ。その秘密もさぐらなくては。とつぜん現れる狼《おおかみ》男《おとこ》に注意しないと危険だ。山の上には巨人が大きなダイヤを守って、がんばっているだろう。そのむこうには、妖精のお花畑が……。

船は帆を下げ、進みを止めた。

「ボートをおろせ」

と船長が命じ、子供たちはそれに乗りこんだ。船員は声をかけた。

「岸まで、いっしょに行ってあげようか」

「いいよ。あとは、ぼくたちだけでできるよ」

「じゃあ、これを持っていったら」

と、鉄砲やナイフが渡された。お別れの歌が終ると、静かな入江をボートが浜にむかった。一本のオールに二、三人ずつがつかまってこぐので、その進み方はたどたどしかった。

ボートが浜につくと、子供たちは叫び声をあげ、われ勝ちに森の中にかけこんでいった。かん高いその声は、海の上を越えて、船員たちの耳にもとどいた。

「実験の日はいつでしたっけ」

船員の一人は船長に聞いた。

「あさってだ」

「では、急がなくてはなりませんね」

「ああ。船を進めろ」

ボタンが押され、船のかくされていたジェット機関が音もなく動きはじめた。船は海の上を滑りはじめ、島は見る見る遠ざかった。

「あの島が、こんどの実験の標的にされて、ふっ飛んでしまうんですか」

「いや、そんな程度ではない。苦痛の瞬間もないだろう。新エネルギーの威力によると、一瞬のうちに消えてしまうのだ」

「科学の進歩は、ますます速度をあげていますね。人類の未来は限りがない。それなのに、あんな思考のおかしな子供が絶えないのは、どういうわけなのでしょう」

島は、もはや水平線にかくれた。鳥かごにとじこめられたオウムが、なにかを叫んでいたが、そんなことはなんの関係もないことだった。

夢の未来へ

「さあ、タイムマシンができた」

と博士が言い、助手はそれを聞いてにっこりした。

「よかったですね。では、すぐに出かけましょう。このところ働きずくめで、疲れましたからね。ひとつ五百年ぐらい昔に行って、静かな場所でゆっくり休養しましょう」

「なにを言う。これを作るには、とてつもなく金がかかった。まず、それを回収せねばならん。のんびりしてはいられない」

「では、どうするんですか」

「未来へ行くんだ。二百年ばかり未来へ行って、なにかうまい金もうけを見つけてこよう。さあ出発だ」

タイムマシンに乗りこんだ二人は、たちまち未来のデパートにあらわれた。

「やあ、すごい。すべて満ち足りているらしく、品物があふれていますね。それにごらんなさい。説明書を読まないと。このルーペのようなのは、電子顕微鏡か。このカバンは、ボタンを押せばヨットになるそうです。あ、あそこは薬品部だ。中毒しない合成麻薬、百五十歳まで精力をおとろえさせぬホルモン。効果完全なほれ薬。すばらしい世界ですね」

「あまりきょろきょろしないで、持ち帰って役に立ちそうなものを、さがし出せ」

まもなく二人ははたと困った。

「どうしましょう。金がないんですよ」

「ここまで来て手ぶらでは帰れまい。仕方がない。すばやく万引きしろ。これだけ品物があまっているんだ。かまわんだろう」

助手はあたりをうかがって、さっと手を伸ばし、品物をつかんだ。そのとたん、レーダーのような装置が作用したのか、

「不心得なことは、なさらぬよう」

とマイクから声が流れ、二人の体は電気でしびれた。まごまごしているうち警官がとんできて、二人をつかまえ調べはじめた。

「変な服装だが、どこの者だ」

「二百年前から、このタイムマシンで来たんですが、未来がこんなにけちとは知らなかった。もう帰りますよ」

「帰るだと。とんでもない。万引きは重罪だ。簡単に釈放はできぬ」

「それはひどい。そこをなんとか……」

二人は泣くように頼みこんだ。帰れなくなっては一大事だ。それに同情してか、ついに警

官はうなずき、声をひそめて切り出した。

「では、こうしよう。ちょっとその機械を、おれに貸してくれ。そうしてくれるなら、見のがしてやらぬこともない」

「仕方ありません。でも、早く帰ってきて下さいよ」

「大丈夫だ。すぐ帰るさ、二百年ばかり未来へ行って、なにか品物をひとつ持ち帰るだけだ。そうすれば、おれも警官から足が洗えるというものだ」

にっこり笑ってタイムマシンに乗りこんだ警官を、二人は不安げに見送った。

肩の上の秘書

プラスチックで舗装した道路の上を、自動ローラースケートで走りながら、ゼーム氏は腕時計に目をやった。

四時半。会社にもどる前に、このへんでもう一軒よってみるとするか。ゼーム氏はこう考えて、ローラースケートの速力を落とし、一軒の家の前でとまった。

ゼーム氏はセールスマン。左手に大きなカバンを下げている。このなかには、商品がつまっているのだ。そして、右の肩の上には、美しい翼を持ったインコがとまっている。もっとも、このようなインコは、この時代のすべての人の肩にとまっている。

彼は玄関のベルを押し、しばらく待った。やがてドアが開き、この家の主婦が姿をあらわした。

「こんにちは」

と、ゼーム氏は、口のなかで小さくつぶやいた。すると、つづいて肩の上のインコがはっきりした口調でしゃべりはじめた。

「おいそがしいところを、突然おじゃまして申し訳ございません。お許しいただきたいと思います」

このインコはロボットなのだ。なかには精巧な電子装置と、発声器と、スピーカーをそなえている。そして、持ち主のつぶやいたことを、さらにくわしくして相手に伝える働きを持っている。

しばらくすると、主婦の肩にとまっているロボット・インコが答えてきた。

「よくいらっしゃいました。だけど、失礼ですけど、あたくし、もの覚えがよくございませんので、お名前を思いだせなくて……」

ゼーム氏の肩のインコは首をかしげ、彼の耳にこうささやいた。

「だれか、と聞いているよ」

このロボット・インコは、相手の話を要約して報告する働きもするのだ。

「ニュー・エレクトロ会社のものだ。電気グモを買え」

彼のつぶやきに応じて、インコは礼儀正しく話した。

「じつは、わたしはニュー・エレクトロ会社の販売員でございます。もちろん、ご存知のこととぞんじますが、長い伝統と信用を誇りにしている会社でございます。ところで、きょうお伺いしたのは、ほかでもございません。このたび、当社の研究部が、やっと完成いたしました新製品をお目にかけようと思ったわけでございます。それは、この電気グモでございます……」

ここでゼーム氏はカバンをあけ、なかから金色に光る昆虫のクモのような、小さな金属の機械をとりだした。肩のインコは、しゃべりつづけた。

「……これでございます。背中などかゆくなった時に、下着のなかにそっとしのばせますと、かゆい部分にひとりでたどりつき、この手で快くかいてくれます。内部の薬をぬってもくれます。便利なものでございましょう。おたくのような上品なご家庭には、ぜひ一個おそなえになられたらよろしいとぞんじまして、とくにお持ちいたしたわけでございます」

ゼーム氏のインコの話が終ると、主婦の肩のインコが、ゼーム氏に聞こえない小声で彼女の耳にささやいた。

「自動式の孫の手を買え、と言っています」

主婦が「いらないわ」とつぶやいたので、インコはそれをくわしくしゃべった。

「すばらしいわ。おたくの社は、つぎつぎと新製品をお作りになられるのね。だけどうちでは、とてもそんな高級品をそなえるほどの余裕がございませんもの」

ゼーム氏のインコは「いらないそうだ」と要約し報告したが「そこをなんとか」という彼のつぶやきで、インコの声は一段と熱をおびた。

「でもございましょうが、こんな便利な品はございません。手のとどかない背中もかけますし、お客さまの前でも気づかれません。それに、つまらない労力がはぶけます。お値段もぐっとお安くいたしてあります」

「ぜひ買え、と言っていますよ」

「うるさいわね」

主婦の肩のインコは、彼女とささやきあってから、こう答えた。

「でも、あたくしは、品物を買う時には、すべて主人と相談してから、買うことにしておりますの。あいにく、主人がまだ帰ってまいりませんので、いまはちょっと、きめかねるんですの。今晩でも、よく話してみますから、そのうち、おついでの時にでも、お寄りになっていただけませんか。あたくしは欲しいんですけれど、それがだめなのよ。本当に残念ですわ」

ゼーム氏のインコは、それを彼に要約した。

「帰れとさ」

ゼーム氏はあきらめ、電気グモをカバンにしまいながら、つぶやいた。

「あばよ」

肩のインコは別れのあいさつを、ていねいにつげた。

「さようでございますか。ほんとに残念でございます。では、近いうちに、またお伺いさせていただくことにいたしましょう。どうもおじゃまいたしました。どうか、ご主人さまにも、くれぐれもよろしく」

玄関を出たゼーム氏は、インコを肩にとまらせたまま、ふたたびローラースケートのエンジンを強め、会社にもどった。

机にむかって、事務整理機のボタンを押し、きょうの売上げの集計をしていると、

「おい、ゼーム君」

と、部長の肩のインコが呼んだ。

「やれやれ、また、お説教か」

ゼーム氏がつぶやくと、肩のインコは部長に答えた。

「はい。すぐにまいります。ちょっと、机の上の整理をすませまして……」

やがて、ゼーム氏は部長の机の前に立った。部長は首にロボットのハチをとまらせている。ツボを針で刺し、こりをとる作用があるのだ。部長の肩のインコは、もっともらしくしゃべ

った。

「いいかね、ゼーム君。わが社の現状は、いまや一大飛躍をせねばならない重大な時だ。それは、きみもよく知っていることと思う。しかるにだ、このところ君の成績を見るに、もう少し上昇してもいいのではないか、と考えたくなる。はなはだ遺憾なことと言わざるをえない。ぜひ、この点を認識して、大いに活動してもらいたい」

ゼーム氏のインコは「もっと売れとさ」とささやき「そう簡単に行くものか」とゼーム氏はささやきかえした。肩のインコは、神妙な口調で部長に言った。

「よくわかっております。わたくしもさらに売上げを増進いたす決心でございます。しかしこのごろは他社も手をかえ、品をかえ、新しいことをやっております。販売も以前ほど楽ではございません。もちろん、わたくしもさらに努力いたしますが、部長からも、研究生産部門に、もっとぞくぞく新製品を作るよう、お伝えいただけると、さらにありがたいとぞんじます」

ベルが鳴り、退社の時刻となった。やれやれ、やっときょうの仕事がすんだ。だが、一日じゅう売りあるくと、まったく疲れる。帰りにバーにでも寄らなくては、気分が晴れない。ゼーム氏は、ときどき寄るバー・ギャラクシーのドアを押した。それをみつけたマダムの肩のインコが、なまめかしい声でむかえた。

「あら、ゼームさん。いらっしゃいませ。このところ、お見えになりませんでしたのね。ゼームさんのような、すてきなかたがいらっしゃらないと、お店のムードがなんとなくさびしくて……」

ゼーム氏にとっては、このひとときが、いちばんたのしい。

殺人者さま

海岸に打ちあげられたビンに入っているこの遺書を、どなたがお拾いになるか分りませんが、どうぞ警察へおとどけ下さい。

警察ではきっとこの風変りな、しかもあて名のない女文字の遺書をもてあまし、たらい回しにしたあげく、たまたま来あわせた作家に見せるでしょう。

そして、その作家は想像力が貧しく原稿の締切にまにあわなくて、なにかいい案はないかと、物欲しそうな顔で警察に来ているのにきまっていますから、係官にうまいことをいってそっくり写しとり、自分の作のようなふりをして編集者に渡すにちがいありません。だけど、それこそ私の思うつぼなのです。そうしなければ私が読ませたい人の目にはふれないからです。

それなら、なぜその人に直接送らないのかと、ふしぎがられるかもしれないけど、じつは私がその人の名前も顔も知らないのだから、こんな方法で読んでもらう以外にしかたがないのです。その読ませたい人とは、私を殺した人なのです。

いま、私はひとり夜の海の小さなボートの上で、懐中電燈の光を当てこれを書いています。

静かに身もだえをつづける海。波はボートをゆすり、字が乱れてしまいます。あら、しぶきが飛び込んで、インキをにじませてしまいました。だから、このにじみは塩を含んでいても、涙ではありません。死ぬ前には、涙なんか出ないもの。

空は、一面の冷たい星。あの銀河は、どこに続いているのかしら。私はまもなく、あの川をさかのぼって空の星の一つとなるでしょう。遠く横たわる、黒々とした陸。それに、ぽつぽつ散らばっている灯。あの黄色い灯の下には、まだ起きている暖かい家庭があるのでしょう。だけど、それはもう私には関係のない物。

なんだか、ちょっとセンチになったようね。未練を断ち切るために、睡眠薬の大ビンをあけて十錠ばかり飲んでしまうわ。

なんだ、自殺なのか、殺されるのじゃないのか、とお思いになる方もあるでしょう。だけど、世の中には自殺と殺人の区別がつけにくい場合があります。現に私がかつて、そんな殺人をしたのですから。

私が殺したのは、高校生の時いちばん仲のよかった明子さん。だけど、みなは仲がよいと思っていたでしょうが、私の心のなかではそうでなかった。そこにあったものは嫉妬《しっと》。美しさの点では、私も明子さんには決して負けなかったつもり。二人のちがいといえば、彼女がとても気が弱いというところだけ。

だけど、男の人は美しさが同じだったら、おとなしいとか、しとやかとかいって気の弱い方を選んでしまうの。でも、それぐらいなら動機にならないじゃないか、とおっしゃるかもしれない。それはたしかに、明子さんが私の恋人を奪ったとはいえないわ。だけど、私に恋してきてもいい男性が、みんな彼女の方にむかってしまうのだから、同じことじゃあないかしら。それに、だれにも人の心のなかまで、わかるはずはない。嫉妬とか痛み、苦しみ、欲望なんかの強さをはかって、くらべ合わせることのできる単位なんかないじゃないの。動機と殺意とは、ちがうものよ。あら、こんどは興奮しちゃったわね。もう二十錠ばかり飲んでしまうわ。

そこで私は、明子さんを殺してしまったの。凶器は電話。その使い方は音声。つまりこちらがだれだかわからないような声で、電話をかけるのよ。それで少しずつ傷つけていったの。べつに強くおどかしたわけじゃあないけど、毎日、だれからともなく、意味もなく、しかし意味ありげにかかってくる電話って、ずいぶん効くものね。彼女はしだいに、青ざめていった。

「どうしたのよ。元気がないじゃないの」

私は時どき、こう話しかけるけど、彼女はまさか私のいたずらとは知らないので、説明しなかった。それはその電話で、

「この電話のことを、だれにもいうな。もしいったら……」

と、念を押してあったのだから。彼女がもし警察にでもとどけるつもりになったら、その

前に打ちあけたでしょうし、そうなったら私はやめるつもりだった。だけど、彼女はひとりで、だれからともわからぬ電話を悩み、私はかけつづけた。

電話で話すことは、なんでもよかった。少し品のない話をまぜたり、しゃべる種がつきた時には、そばにあった雑誌や新聞の、クロスワードの問題や株式欄を低い声で読んだりした。そして、とうとう明子さんは、神経が疲れて自殺してしまったの。

こうなってみると、私も本当は殺すほどのつもりじゃあなかったことに気がついた。死んだらいいとは思っていたけど、まさか自殺するとは思わなかった。面白かったし、ただ少しいじめてやればよかっただけなのよ。だけど、いまさらいっても、それはいいわけ。私は人殺しになってしまった。

もちろん、罪になりはしない。原因はだれにもわからないし、私はいちばんの親友だから疑う人もありはしない。第一、明らかに自殺ですもの。

しかし、私は精神的な罰を受けた。耳のなかでささやきつづける、

「あなたは人殺しよ」

という彼女の声。その声は時々ふいに大きくなって、私が「えっ」と振りかえってしまうこともあった。そんな時、まわりにいた人がふしぎがるので、私はしだいに人を避けるようになっていった。交際を求めてくる男性もあったけれど、こんな癖はいつか疑惑を招くでしょうし、それはなんとかごまかせても、結婚してからの寝言までは押えられない。こう考え

ると、それ以上に進めないのよ。やっぱり明子さんが、あの世から呼んでいるのかしら。

私は、死ななければいけないのかしら。死にたくはないけど、ほかに、さっぱりする方法がないもの。でも、私は悩んだあげく、死なないでさっぱりする方法を思いついた。告白よ。だけど告白といっても、私を知っている人にはできっこない。それは私に対する、みなの態度を変えさせるだけだもの。私はだれか、まったく知らない人に告白しようとした。そして、私の告白を聞いていただけたら生きていよう、聞いて下さらなかったら、その時はやはり死んでしまおうと心にきめたの。そのことを書く前に、あと三十錠ばかり飲むわ。

それは、電話を使う方法なの。私がかつて使った凶器で、こんどは私をためそうというわけなのよ。生命をかけた賭《か》け。このすばらしい方法を思いついた時、私はすぐに試みた。目をつぶって、めちゃめちゃにダイヤルを回し、じっと待った。その呼び出し音の長かったこと。本当は短かかったのかもしれないけど。すごく長く思われたわ。そして、受話器のはずされる音。この人に私の生命の鍵《かぎ》をあずけたのだわ。どんな人かしらと、ふっと考えた時の、

「もしもし」

という突然の声で、私の頭は乱れてしまった。頭のなかには、しゃべることがきちんと整理してあったはずなのに、急にそれがほつれた糸のようになってしまった。あせって、口ごもりながらいいかけたけれど、なにからしゃべりはじめたかしら。思い出せるのは相手の、

「どなたさまですか、まちがいでは……」

という声と、それにつづく電話の切れる音。その音は私には絞首台の板のはずれる音、銃殺の銃声、ギロチンの刃の落ちる音に聞こえたわ。最後のたのみの綱が切れて、この世からしめ出される音なのよ。許せない、死ね、という命令なのよ。

そして、私はこの夜の海にボートをこぎ出した。もう、残った薬は、みんな飲んでしまいましょう。からになったビンには、書き終ったこの遺書を入れて海に流すの。薬がきいてきたのかしら。眠く、星々がにじんでいるようよ。

私は、私の死刑の判決をしてくれた人に、この事情を知らせておきたいと思ってこれを書いたの。それに、たとえ殺すつもりはなくても、罪にはならなくても、人を殺した者は殺されなくてはならないという世の中の掟《おきて》についても。だけど、これは私のこと、その人はどうお思いになるかしら。

あと何行か書いてから、私は海に飛び込みます。天《あま》の川が招いているわ。からだは、海のなかで静かにゆっくりと溶けてくれるかしら。だけど、そうもいかなくて、どこかに流れつくかもしれないわね。

死ぬ前には、知りたいことの幻が見えるんですってね。それとも薬のせいかしら。それからの様子が、見えるようよ。新聞の片すみの、

〈身許不明の水死体〉

という小さな記事。だけど私の死刑を執行した人は、それが自分が殺した者の死体とは夢

にも思わずに読みとばしたし、まして、ずっと前に自分が変な電話に出て、忙しさにまぎれてぶあいそに切ってしまったことなど、記憶のはじにもとどめていないで、きっと今ごろは、「自分は人殺しなんかしたことはないし、これからだって、しやしない。だから、このなかにスリルを求めるんだ」

と、のんきな顔をして、ミステリーの本などを開いているにちがいないと思うのだけど。

ゆきとどいた生活

朝。はてしなくつづくビルの山脈のかなた。白い雲のあいだに、夏の太陽がのぼりはじめ、この部屋のなかにも、その日ざしが送りこまれてきた。ここは八十階建てアパートの七十二階。ベッドの上に横たわっている男は、この部屋の住人、宇宙旅行専門の保険会社につとめるテール氏だ。

日はさらにのぼり、窓ぎわにあるガラス製の彫刻にきらりと反射し、壁にはめこまれている自動カレンダーの月日の数字のところに丸くスポットを作った。

さし込む日ざしも、しだいに強くなっていった。だが、窓に張られた大きなガラスは、いくらか青みをおび、熱を通さないようにできていて、なかには明るさだけが入ってくる。

それに、室内にある装置のため、ほどよい気温と、かすかな花のかおりを含んだ新鮮な空気が、すみずみまで満ちていた。気温は一年を通じて、いつも一定に保たれるが、花のかおりは季節と人の好みによって変えられる。いまは夏なので、テール氏の好みによって、ユリの花をもとに調合されたかおりが、片すみの装置から静かにはき出されている。

壁のカレンダーの上の時計が八時をさし、かちりと小さな音をたてた。それにつづいて、大輪の花弁のような形をした銀色のスピーカーから、音楽がわき、声がていねいに呼びかけてきた。

「さあ、もうお起きになる時間でございます。さあ、もうお起きになる……」

時計やすべての装置と、完全に連絡されている録音テープの《声》は、同じことを三回くりかえした。だが、テール氏が起きあがる気配を示さないので、声はとまり、かわって壁のなかで、歯車の切りかえられる音がかすかにおこった。

天井から、静かに《手》がおりてきた。どこの家にもあり、人びとが《手》と呼んでいるこの装置は、やわらかいプラスチックで作られた、大きなマジック・ハンドのようなものだ。

「お起きにならないと、会社におくれてしまいます。お眠いでしょうが、おつとめには、いらっしゃらないといけません」

《声》とともに《手》は毛布をどけ、テール氏を抱きおこした。そして、浴室のほうへ運んでいった。テール氏は昔のあやつり人形のように動かされ、自動的に開いた浴室のドアに迎えられた。《手》がテール氏をシャワーの下に運ぶと、まず壁から小さな《手》が出て、彼の顔に脱毛クリームをぬった。これは五秒間ぬっておくと、皮膚にはなんの害も及ぼさずにひげを完全に溶かしてしまう作用を持っている。

一方、大きな《手》は巧みに動いて、テール氏のからだから、ゆるやかなパジャマをはぎとり、それをそばの電子洗濯装置にほうりこんだ。

「では、シャワーをおかけいたします」

《声》につづいて、さわやかな音をたてながら、適当な温度のお湯が降りそそぎはじめた。そして、やがて夕立の去ってゆくように、シャワーは弱まり、止った。それを待っていたかのように、乾燥した風が吹きつけ、テール氏のからだを渦巻きながらこすり、たちまちのうちに、皮膚の上に残った水滴を消していった。

それがすむと、噴霧器によってオーデコロンが軽くあびせられた。《手》はテール氏に洗濯のできている、清潔な、まっ白い服をきせ終えた。

「では、朝食の用意ができておりますから、どうぞ、こちらへ」

《声》とともに《手》はテール氏を食堂に案内し、椅子《いす》の上におろした。そこのテーブルの上には、台所からコンベアーで運ばれてきた朝食が並び、コーヒー、ミルクなどのにおいがただよっていた。

「さあ、おめし上りになって下さい」

それとともに、テレビのスイッチが入った。前の日のニュースのダイジェストが大きなスクリーンの上で、美しい色彩によって物語られ、三分間つづいた。大事件など起らない、おだやかな時代だ。

それが終ると、テレビのスイッチが切れ、かわって三方の壁から、やわらかな音楽が流れ出してきた。華やかな音楽は、明るい日ざしのなか、すがすがしい空気のなかで、しばらく舞いつづけた。

音楽が低くなり、《声》が言った。

「おすみでしたら、おさげいたします」

すべては日課に合わせて動きつづける。テール氏がそばのボタンを押さず、拒否の意志を示さないので、コンベアーが動きはじめた。テーブルの上の食器は、かちゃかちゃと陶器と金属のふれあう音をたてながら、台所のほうに動いていった。

音楽はふたたび高くなり、スプレー・セットが動いてきて、テール氏の前で止った。容器のなかの薬品の霧を吸い込めば、頭痛がおさまる。しかし、テール氏は、けさは、それに手を伸ばそうとしなかった。

しばらくのあいだ、音楽が曲を変えながら、響いていた。

時計が八時五十分を示し、音楽はふたたび低くなり、とだえた。《声》がかわりに注意をうながした。

「さあ、もうお出かけの時間でございます」

《手》はテール氏を立たせ、部屋の一隅につれていった。近づくにつれ、そこのドアは自動的に開いた。そこには丈夫な透明プラスチックでできた、卵に似た形のものがある。それは、だれもが使う乗り物なのだ。《手》はテール氏をそれに入れ、

「さあ、きょうもお元気に、いってらっしゃいませ。掃除と整理はお留守のあいだに、いつもの通りにやっておきますから」

という《声》とともに、丸形の乗り物のドアをしめ、そばのボタンを押した。

カチッという音とともに、圧搾空気の作用で、その乗り物は、奥の大きなパイプのなかに吸いこまれていった。このパイプは都市のいたるところ、ビルのどの部屋までも行きわたっていて、強い空気の圧力で押され、だれでも、短時間のうちに、目的地に行きつくことができる。

テール氏の乗り物もパイプのなかを進んだ。その先端についた小型の装置は無電を出しつづけ、パイプはそれを受信して、こみいったパイプ道路のなかを、まちがいなく行先きに案内する。

五分後に、テール氏の乗り物は、彼の会社の玄関にあらわれて止った。出勤時間なので、玄関は大ぜいの社員でこみあっていた。そのひとりは、プラスチックごしに、テール氏に呼びかけた。

「おはよう。テール君。どうしたんだい、ばかに顔色が悪いじゃないか」

しかし、テール氏は乗り物から出ようとしなかった。声をかけた同僚は、手をのばしテール氏の手をひっぱろうとし、声をはりあげた。

「冷たい。おい、医者だ」

まもなく、やはりパイプ道路によって、医者がやってきた。ざわめきのなかで、医者はテール氏のからだを調べた。

「どうでしょう。ぐあいは」

「もう、手おくれです。テール氏は前から心臓が弱かったので、その発作を起したのです」

「いつでしょうか」

「そうですね。死後、約十時間ですから、昨晩というところでしょうな」

愛の通信

「どうして、こう女にもてないのだろうな」

と、いつもため息ばかりついている男があった。もっとも、電波天文学と宇宙言語学という面白くもない研究に熱中していて、女のくどき方といった役に立つ本など読んだことがないのだから、全然もてないのも無理はなかった。

しかし、絶望のあげく自殺してしまうほどばかでもなかった。地球以外にも女はいるだろうと、お手のものの装置を使って、ひとわたり宇宙へこんな電文をばらまいたのである。

「どなたか、交際してくださる女性のかたはいませんか」

巨大なアンテナから出された超電波は、空間のかなたにこのような意味を運び去っていった。

「どこかの星には、きっと優しく美しい女性がいるにちがいない。なにか、返事があればいいが……」

彼は、期待と焦燥とにみちた日をすごした。そして、彼はじつに幸運に恵まれていた。どこかの遠い星から、返事の電波が送られてきたのだ。

「ご返事をさしあげるのは、あたしのようなものでもよろしいのでしょうか。さびしく悩んでいらっしゃるかたがおいでと知って、黙っていられなくなってしまいましたの」

彼はいっぺんにのぼせあがり、夢中になって電波をかえした。

愛の通信は、こうしてはじまった。

「あなたのようなかたから、ご返事がいただけて、こんなうれしいことはありません。地球というわたしの星の女性は、だれひとり、わたしの相手になってくれないのですよ」

と、彼は悩みを訴えた。

「あら、そんなひどいことがあるでしょうか。とても、考えられないことですわ」

と、相手の返事は、優しさにあふれていた。彼の熱はさらにあがり、こう言わずにはいられなかった。

「本当なんです。わたしは一目でいいから、あなたの顔を見たい。ぜひテレビで画像を送って下さい」

彼の胸は、期待と恐れとで極度に高鳴った。心はいかに優しくても、頭から緑色の触手がだらりとたれている生物でないとは限らないのだ、もし、そんな姿だったとしても、いままでのように愛情を持ちつづけることができるだろうか。それで熱がさめるなら、いままでの自分の告白はいつわりとなるのだろうか。

悩みの種類は昔からのものとたいして変っていなかったが、悩みの程度はくらべものにな

らないくらい大きかった。といって、いまさらあとにひく気にもなれなかった。

彼はスクリーンの前に、目をつぶって立った。ヘビのような形でありませんように。そして、目を開いた。

「ああ……」

彼はしばらく声をつまらせた。

地球の女性と同じ、いや、はるかに美しい女性だった。輝くように白い肌、情感をたたえた目、やさしく、ほほえみかけてくる口。彼女はピンク色の犬のような動物を抱いていた。そして、彼女のうしろの窓からは、その星の街の上品な家並みが見えた。

彼は、どもりながら呼びかけた。

「あ、あなたは、なんと美しいのでしょう。それなのに、テレビでは、あなたの手にも触れられない。ああ、なんということだ」

彼は思わず、くやし涙をこぼした。だが、彼女はやさしくなぐさめてくれた。

「そんなにまで、おっしゃってくださるとは。さいわい、あたしの星には性能のいい宇宙船がありますの。もし、あたしの申し出をはしたないとお思いにならないのでしたら、あたしのほうから、おうかがいいたしますわ」

「本当ですか。夢ではないのかな。お待ちしますとも」

彼はその時から、足が地につかない日々をすごした。無重力の、宇宙基地にでもいるような気持ちだった。ああ、やっと地球の女どもを見返してやることができる。そして、約束の日。彼は身なりを整え、朝早くから空港で待ちつづけた。

「本当に来るのだろうかな」

と、彼が時計を見ながらつぶやきかけた時、巨大な宇宙船が静かに舞いおりてきた。なるほど、高性能の宇宙船だけあって大きなものだな。まもなく、あこがれの人に会え、手に触れることができるのだ。やがて宇宙船は、その雄姿を空港に横たえた。ドアが開いた。

開き切ったドアのかげに、なにかが見えた。

「彼女は、ピンク色の毛皮のオーバーを着てきたらしい」

だが、それはオーバーではなく、彼女のペットの犬だった。ちらと彼の頭をかすめたいやな予感は、たちまち現実となって眼の前にあらわれた。

彼の何十倍もあるその麗わしの君は、地ひびきをたてて空港におり立ち、

「あたしを待っていてくださったかたは」

という意味の声を、あたりにとどろかせた。

脱出口

「さて、いよいよ最後の仕上げにかかるとしよう。そこに、針金を巻きつけてくれ」

と、私は設計図を片手に助手に命じた。助手はぶつぶつ言いながら立ち上り、無器用な手つきで針金を機械に巻きつけはじめた。

「はあ、こんなぐあいにやれば、いいのでしょうか」

「ばか。なんど言ったら、わかるんだ。そうではない。メビウスの輪のようにコイルを作るんだ。なに、メビウスがわからんのか。こうだ。わかったか。その調子でつづけろ。このコイルに三方から、三重に超高圧の三相交流を通じる。すると、電磁場が複雑に変化をくりかえし、おたがいに干渉しあう。それを調節すると、うまく波動が一致し、空間にひずみが生じはじめる。それを、このもうひとつの装置で増幅すると、空間に穴があくというわけだ」

長いあいだ研究してきたことが、いまや実現を目の前にした状態になったので、私は躍起となった。装置の中心部にあって主要な役目をはたす、直径二メートルぐらいのふとい奇妙な形のコイルには、しだいに針金が巻かれていった。

「先生。どうもわたしには、よくわかりませんね。メビウスの干渉とやらが増幅するのもいいですが、こんなことまでして、空間に穴をあけることもないでしょう。穴のあいているところが、空間ではないんですか。見て下さいよ。わたしの服なんか、ぼろぼろで空間だらけだ」

　頭の悪い助手には、この研究の原理と意義を、どんなに説明しても通じない。資材を買い集めるための費用がかかりすぎ、もっと優秀な助手をやとう余裕がなくなった。だから、こんな助手でがまんする以外に、しかたがないのだ。

「まあ、もう少し辛抱しろ。これが完成すれば、おまえにも、どんなすばらしい発明かがわかるだろう。穴のあいていない服など、すぐに買える。この装置で空間にトンネルを作れば、となりの次元の世界に行けるんだから」

「となりの次元という言葉が、よくわからないので、いろいろ調べてみたんですが、どうやら、子供むけの漫画によくでてくるようですね」

「そこだ、わたしが目をつけたのは。すべて偉大な発明品というものは、まず子供むけの漫画にあらわれる。昔は宇宙船をみろ。昔は宇宙船というと、なんだ子供漫画か、と笑ったものだ。だが、いったん実用化に入ると、だれもが、自分だけは笑わなかったような顔で、もっともらしく理屈をこねる。光線銃、電子カーテン。みなそうなりつつある」

「そういえば、そうですね」

「そこで、わたしは子供漫画を読みあさり、まだ、だれもが手をつけていない、となりの次元に行く装置の研究を思いたった」

「だけど、うまくいくんでしょうか」

「むかしから、人間が突然に消え失せたという、多くの記録がある。それは、空間にある割れ目に落っこったからだ。だが、割れ目をさがすのは、大変な仕事だ。それより、てっとりばやく穴をあけたほうが簡単だ。それで、この装置を設計したわけだ。これが完成してみろ。いままでわたしのことを笑ったやつらも、頭を下げてやってくる。人間とは、そういうものだ。さあ、仕事を急げ」

助手は首をかしげながら、針金を巻きつづけた。

「となりの次元というのは、どんな世界なんですかね」

「それはわからん。なにしろ、だれも行ってみた者がいないのだからな。早く装置を完成するのが先決だ。しかし、このわれわれの世界のように、混乱したところではあるまい。世の中を見てみろ。だれもかれも、くだらないつまらんことばかりに熱中し、とても正気のさたとは思えない。わしはこの世界に、通風口をあけようというわけだ」

やがて、ふといコイルが完成した。

「先生。やっと終りました」

「そうか。ごくろう。さあ、さっそくスイッチを入れるぞ。よく見ていろ」

私はふるえる手でスイッチを入れ、メーターを見ながら、ダイヤルを回して、少しずつ電圧をあげていった。

「先生、なぜ、いっぺんに電圧をあげないんですか」

「万一のことを考えてだ。もし、これであけた空間の穴が、となりの次元の世界で、海の底へでも通じたとしたら大変だ。水が流れ込んできて、たちまちのうちに、この部屋じゅうが水びたしになる」

「ははあ、そういうものでしょうかね」

私はコイルに注意しながら、電圧をあげていった。だが、水も有毒ガスも吹き出してはこなかった。そこで、一気に電圧をあげた。

「よし。これで穴が通じたわけだ。さあ、おまえはそのコイルのなかに、飛び込んでみろ。いままで苦労させたから、一番乗りの栄誉をあたえてやろう」

「え。わたしがですか。どうも、いい気持ちはしませんね」

助手は、コイルの輪の平面を薄気味わるそうにのぞきこんで、ためらった。そこには、すりガラスのように、灰色の微粒子の膜がただよっている。

「大丈夫だ。その微粒子の膜は、人体にはなんの影響もない」

「まあ、待って下さい。なにか投げこんでみてからにしましょう」

助手は床に落ちていたネジを一つ拾いあげ、コイルの輪にほうりこんだ。ネジは霧のような膜をつき抜けて消えた。助手はネジの消えたあとを見つめていたが、決心がついたのか、飛び込む姿勢になったが、ふいに大声をあげた。

「せ、先生。あれを見て下さい」

「なんだ。どうしたんだ」

助手に言われて、コイルのなかを見ると、微粒子の膜から、人間の首があらわれ、目をぱちぱちさせていた。あまりのことに、われわれの目も、それにあわせて瞬いた。

コイルにあらわれた首は、しだいに全身をあらわし、白い服をゆったりとつけた一人の男となった。彼は部屋じゅうを、ふしぎそうに見まわしていたが、やがて、つぶやくように言った。

「や。これはどうしたことだ。まったく、見たこともない世界だ。なぜ、こんなところにきたのだろう。さては、頭が狂ったかな」

私はそれを見て、会心の笑いを浮かべた。装置が、その機能を示したのだ。そして、白い服の男に呼びかけた。

「いやいや、ご心配にはおよびません。驚かれたのは無理もありませんが、この装置こそ、わたしの苦心の結晶です。これによって、こちらの次元と、そちらの次元とをつないだのです。たまたま、そちらの世界で、あなたが立っていらっしゃる所に穴があいたため、こんなことになってしまったのです」

男はしげしげとコイルを眺め、

「なるほど、そうでしたか。わたしがぼんやりしていると、頭にネジのようなものがぶつかりました。ふりかえってみると、空中に丸い筒のようなものが突き出しているではありませんか。そこで首を出して、のぞいてみたわけです。わたしも、このような機能を持つ装置の構想は持っていましたが、あなたに先をこされたわけですな。いささか残念です」

と、礼儀正しく、あいさつをした。私もそれに答えた。

「いや、そんなことは、どうでもいいではありませんか。どちらから先に穴をあけようが、同じことです。偶然とはいえ、あなたが次元旅行者第一号になり、われわれはそれになりそこねましたが、これも問題ではありません。問題は、次元のちがうおたがいの世界が、この穴を通じて、こんご大いに文化と産業の交流をはかることです。まあ、そんなところに立っていないで、どうぞ、こちらへ……」

私は装置のスイッチを切り、男にそばの椅子にかけるよう、すすめた。

「では、失礼して」

と、男は腰を下したが、窓の外を珍しげに見まわしている。私はあわてて、つけ加えた。

「どうも、みすぼらしいところで、申しわけありません。そちらの世界とくらべると、ここの世界は、さぞ見おとりがすることでしょう」

男は手をふり、ゆうゆうと答えた。

「いや、文明の進歩や、生活程度というものは、次元がちがえば、ちがっているのが当然です。恥じたり、威張ったりするほうがおかしい。わたしたちの世界のように、いたるところ金ぴかというのも、見る人によっては悪趣味とも思うでしょうな」

「なぜ金ぴかなんですか」

「金という金属の多いのが、いけないのです。あれはさびない点はとりえですが、やわらかいし、それに、あの色がよくありません。わたしは大きらいです。わたしが次元を越える装置があればと考えたのも、そんな世界から脱出したかったからです。それが、あなたによって先に完成し、この世界に来られたのは実にありがたい。ここは、あまり金ぴかでなく、上品で気が休まります」

男の話を、頭をかしげながら聞いていた助手が、とつぜん、うなるような叫び声をあげた。

「金だと。なるほど、先生。やっとわかりました。空間に穴をあけることを、ばかにしていたのは、わたしのまちがい。こういう計画だったのですね。うむ。ところで、ダイヤモンドのようなものは、どうでしょう」

私はあわてて、

「おい。そんなみっともない話は、やめなさい。もっと高級な質問をしなさい」

と、たしなめたが、白い服の男は、そんな失礼な問にも、にこにこしながら答えてくれた。

「ダイヤモンドというと、あの光った石ですな。いまでは安いものです。わたしが、その鉱石の豊富な惑星を発見して以来、いろいろな物に利用されています。だが、ますます世の中がぴかぴかになって、感心しませんな」

こんどは私が、勢いこんで聞いた。

「では、宇宙旅行など、もう自由になさっているわけですか」

「はい。お話のようすですと、ここの世界では、まだ、そこまでいたっていないようですね」

「はあ、お恥ずかしいが、まだ、ほんのいとぐちに、とりついたばかりです」

「いや、恥ずかしがることはありません。わたしどもでお手つだいすれば、あんなことは簡単ですよ」

そばで助手は、いらいらしながら、私をうながした。

「先生。早くいって見ましょう。先生がいやなら、わたしが先に行ってきますが」

さっきまで、おじけづいていたのがうそのようだ。

「まて、おまえをひとりでやると、むこうの世界で、どんな失礼をしでかさないとも限らぬ。といって、おまえにスイッチをまかせて、わたしが行くのも心もとない」

考えこむ私に、男はこう口を出した。

「では、わたしがやってあげましょう。お二人で行ってらっしゃい。どうすればいいのでしょう」

私はスイッチの入れ方、切り方を教えた。

「べつにむずかしい事ではありません。電流を通じっぱなしだと、コイルが過熱するおそれがあるのです」

「わかりました」

男はうなずいたが、気がついたように言葉をたした。

「そうそう。その服装ではちょっと変ですよ。わたしの白い服を貸してあげましょう。これを着ていらっしゃい。ところで、もう一着はと。そうだ。わたしの友人をつれてきて、そいつのをお貸ししましょう」

私はスイッチを入れ、男はコイルのなかに消えたが、しばらくして、その友人とやらを連れてきた。そしておたがいに服を交換しあった。つぎに私は腕時計をわたし、

「くれぐれも、よろしくたのみます。この時計で三十分後に、ふたたびスイッチを入れて下さい。忘れないようにやって下さい」

「では、ごゆっくり……」

私と助手は、つぎつぎとコイルの輪のなかに飛びこんだ。

「先生。コイルを抜ける時は、なんともありませんでしたね」

「ああ。さて、よく観察するとしよう。どんなすばらしい世界だろうか」

われわれのまわりから、コイルが消えた。男がいったんスイッチを切ったにちがいない。

その時、あたりを見まわしていた助手が、ふしぎそうに言った。

「どうも変ですね。たいしたことはないじゃありませんか。われわれの部屋のほうが、まだしもいい」

たしかに、この部屋は殺風景で、金ぴかでも、豪華でもない。

「うむ。だが、世界が金ぴかだと、室内ぐらいはシンプルにしたくもなるだろう。そういえば、このあいつらの服もシンプルだ。ちょうど、われわれの薄汚れた世界で、室内を飾りたてたり、手のこんだ服を着たくなるのと逆なわけだろう。さあ、ドアをあけて、外の景色を眺めるとするか」

しかし、助手がドアをあけようとして、押したり引いたりしたが、動かなかった。

「あきません。変ですね」

「おかしいな。借りたこの服には、カギも入っていないようだ。きっと、ドアのあけ方に、なにかコツでもあるのだろう。まあ、仕方ない。いったん戻って、あの男に聞いて、それからやりなおそう」

われわれはその殺風景な、窓のない部屋のなかで三十分たつのを待った。

だが、助手の時計で、三十分が過ぎ、四十分、五十分たっても、コイルの輪は現れてこなかった。

「これは困った。さては、あの男が装置をいじくりまわして、こわしでもしたのかな」

「えっ。それは大変だ。わたしたちはこのまま、二度と帰れなくなるのでしょうか。いかに金とダイヤを手に入れても、帰れなくなっては情ない。どうしましょう」

と、助手はあわてた。

「まあ、もう少し待ってみよう。連中も珍しくて、つい時間を忘れているのかもしれぬ。また時計が、少しちがっているのかもしれない」

二時間ばかり過ぎたにもかかわらず、やはりコイルは現れてこなかった。

「先生。どうしましょう」

助手は心細さに、泣き声をあげはじめた。

「まあ、そう泣くな。この思わぬ事故には弱ったが、帰る方法がなくなったわけではない」

「どうやって帰るのです」

「ここであの装置を作ればいいわけだ。装置の設計図は、わたしの頭のなかにもある。材料さえそろえば、作ることができるから、それを使って帰ればいい。連中の話だと、この世界は文明が進んでいるらしいから、きっと簡単に作れるだろう」

「そういえば、そうですね」

「しかし、いずれにしろ、この部屋からは出なければならない」

われわれは力をあわせて、ドアを押したり、たたいたりけとばしたりしてみた。だが、ドアはびくともしなかった。そのうち、物音を聞きつけたらしく、近づいてくる数人の足音がした。ほっとして待っていると、ドアの前で足音が止り、こう言った。

「おい、また、あばれるのか。静かにしてくれなければ、困るじゃないか」

「たのむ。この部屋から出してくれ。困ったことになったのだ」

と、われわれは口々に叫んだ。それなのに、ドアの外の声は冷たかった。

「そうはいかないよ」

「そんなことは言わないで、ここから出してくれ。わたしたちは、となりの次元の世界から来たのだ。このままでは帰れない。早く装置を作りにかからなければならないのだ」

ドアの外で、どっと笑い声がおこった。

「へんなことを考えついたな。この患者は、前からこうなのかい」

それに答えて、べつな声が言った。

「時どき、出してくれと叫ぶほか、二人とも、まあおとなしいほうだ。いつもは、世界が金ぴかだとか、おれは宇宙旅行をしてダイヤを運んできた、といった、とんでもない幻想にひたっているらしい。宇宙旅行の実現なんか、遠い未来の話だろうに。しかし、だれも相手になってやらないので、こんどは異次元とかいう、妙なことを思いついたようだ。病状が進んだとみえる」

もたらされた文明

ピル星の上の静かな都市のはずれにある空港では、毎日その星の大ぜいの住民たちが集って、気づかわしげに顔をみつめあっていた。

宇宙にちらばる未知の星々を調査するため、みなの期待のうちに、探検隊の宇宙船が飛び立っていった。それがもう帰ってくる予定の日をとっくに過ぎているのに、まだなんの連絡もないのだ。

「どうしたのだろう」

不吉な予感を払いのけようと人びとは空を見あげ、時どき、あきらめたように遠くのとがった山脈に目を落す。それをくり返していた。だが、突然あがったひとりの叫びは、その息のつまるような気分を一掃した。

「かすかだが無電の連絡が入った。隕石《いんせき》群にあい、船体や電源に損傷を受けたそうだが、まもなく、着陸にうつれるらしい」

人びとは、ほっとため息をつく。ふたたびいっせいに空を見あげ、赤みをおびた太陽の光を顔にうけながら待った。

「見えたぞ」

指さすかなたの、ぽつりと光る点はしだいに大きくなり、空港の上に迫ってきた。

「ああ、たしかに探検隊の宇宙船だ」

それは、徐々に大地に近づいた。しかし、なんということだ。事故のためか、不安定にゆれている。

「なんとか無事に着陸できますように……」

と、だれもが見つめながら祈った。

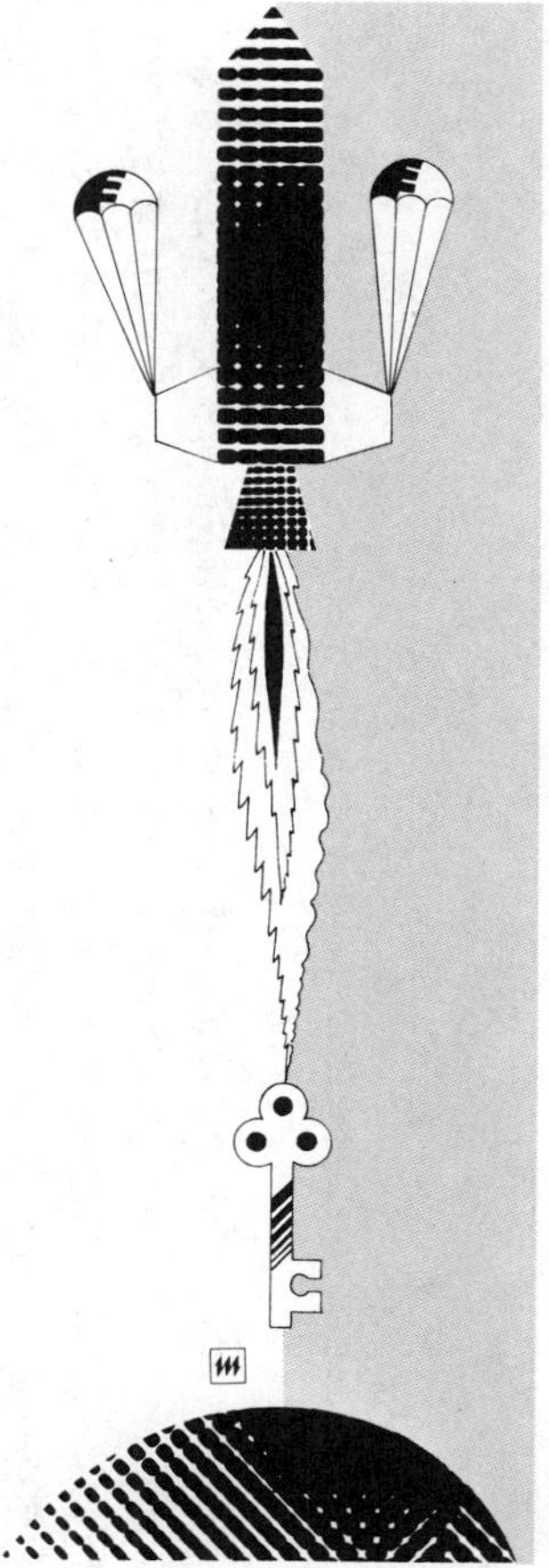

船内でも、必死の努力がつづけられていた。乗員の脱出だけなら、パラシュートが使える。しかし、この長い宇宙旅行で得られた貴重な資料のかずかずが、水泡に帰すか、ぶじにもたらされるかの境い目なのだ。

その祈りが通じたせいか、船体はやっとよろめくような形で地上におりたち、しばらくつづいていた揺れも、まもなくとまった。

住民たちは宇宙船のまわりにかけよった。小さくきしみながら金属のドアが開き、なかから探検隊員たちが元気な姿をあらわした。

「よく帰ってきてくれた」

「ほかの星々は、どんなだった」

「そうだ、早くなにか珍しい話を聞かせてくれ」

群衆がいまだ見ぬ世界のことを、一刻も早く聞きたがったのも、無理もないことだった。隊員たちは簡単にでも、なにか話さなければならなかった。そこで、ひとりが口をきった。

「まず、最も印象に残った星の話をしよう。それは、そこの住民たちが地球と呼んでいる星のことだ。われわれはそこで大いに歓迎されたし、また、いろいろな珍しい風習に接することもできた」

「たとえばどんな風習か、話してくれ」

そこで隊員はポケットに手を入れ、指にふれたものをひっぱり出して、みんなに示した。

「なにから話したらいいのかわからないが、連中の使っているこんなものをもらってきた。これは連中が、カギと呼んでいる器具だ」

「彼らはそれを、なんに使っているのか」

「これを家のドアにつけると、自分にはあけられるが、ほかの者にはあけられなくなるというしかけなのだ」

「まったく変なものだな。やつらはなんのために、そんな物を作ったのだろう」

「あまりふしぎなので、われわれもいろいろと聞いてみた。そして、ひとが入ってきて勝手に品物を持ち出して行くのを防ぐためらしい、と想像がついた」

「しかし、品物を持ち出して行くって、なんのために持ち出すのだろう」

「連中はこともなげに、こう説明してくれた。わかりきったことじゃないか、自分であくせく働いて品物を買うより、ひとのものをそっと持ってこられるなら、その方がずっと簡単じゃないか、とね」

群衆は、一瞬しずまりかえった。その意味を考えていたのだ。しかし、しだいに意味がわかってくるにつれ、感嘆の声は前にもましたどよめきに変った。

「あっ、そうか、そういううまい方法もあったんだな」

「われわれも、どうかしているな。こんな簡単なことに、どうしてだれも気がつかずにいたんだろう」

群衆は口々に叫び、この新しく得た知識に目を輝かせ、顔をほてらせた。なかには、手をたたきながら飛びはねる者さえあった。

「まだ驚くのは早すぎるんだ……」

と、乗員はポケットのなかにあった、地球で手に入れてきたビールのセンヌキ、ダイス、ピストルの弾丸などを手のひらにそろえて、そのほかのさらに珍しい風習のかずかずの話にうつりたがった。しかし、ピル星の住民たちのどよめきは、容易に静まりそうにはなかった。

エル氏の最期

〈……というわけで、事業にまったく失敗してしまいました。みなさまからの借金は、お返しできないありさまです。私に残されたただひとつの道は、死ぬことだけとなりました〉

エル氏はただひとり机にむかって、債権者たちにあてた手紙を、こう書き終えた。郊外にあるエル氏の家は、いまは静かな夜に包まれ、部屋のなかでは彼のため息が、うつろな音となって響いた。

エル氏はつぎに机のひき出しの奥をさがし、古い拳銃をとり出した。ほうぼうがさび、はたして弾丸が出るかどうか怪しまれたが、彼はそれに弾丸をこめた。自殺するのには、これで充分と思われた。

「やれやれ、つまらない一生だった。こんど生まれ変るときは、もう少しましな人生を送りたいものだ」

エル氏はこうつぶやいた。彼は平生から、人間は死んでも生まれ変れるものと信じていたので、この期《ご》に及んでそれほど取り乱しもしなかった。そして、見おさめのつもりで部屋を見まわし、酒のびんに少し残っているウイスキーに目をとめた。

「では、あれを飲んでからにするか、あれを飲みほせば、おれの財産はまったくなくなる」

彼はグラスについで飲み、彼の財産はすべてなくなった。この住宅、なかにある家具。すべては明日、人手に渡るのだ。預金、現金などはすでになく、あるものといえば山のような借金ばかり。それは一生働いても返せない額であった。

それに、エル氏は事業を建てなおそうと、不眠不休で奔走したので、心臓をめっきり悪くしてしまった。心臓の発作に悩まされながら、借金を返すためだけにこんご働きつづけるくらいなら、たしかに早いところ自殺し、生まれ変りに望みを託したほうがいいかもしれない。

その時、戸外でなにかがとまる音がし、つづいてドアにノックの音がした。

「こんな夜中に訪問客とは。きっと借金をとりたてにきたのだろうが、ごくろうなことだ。おれにはもはや、なにひとつ残っていない。さらに、まもなく命もなくなる状態なのだ。しかし、どの債権者だろう」

エル氏はカーテンをずらし、そっと外をのぞいてみた。暗い闇のなかに乗り物らしいものがとまっていた。暗さのため細部まではっきり見わけられなかったが、あんな自動車を持っている者に心当りはなかった。

そこで玄関に目をむけると、うすぐらい門灯をうけて、これも見なれない男が立っていた。顔つきばかりでなく、服装も見たことのない形だった。

エル氏はドアの内側の鍵を外した。夜の冷気とともに、その男は奇妙な足どりで入ってきて、電灯の光の下に立った。

「あなたは……」

エル氏はここで口をつぐんだ。その男のまわりには、なんともいえぬ異様さが立ちこめていたのだ。それはこの部屋の、どれとくらべても異質だった。さては、死神が迎えに来たのではないだろうか。しかし、エル氏はこの考えを追い払い、話をつづけた。

「お気の毒ですが、まだつごうがつきません」

だれであろうと、ここに訪れてくるのは債権者以外にない。エル氏には人に会うと、頭を下げてこう言う習慣が身についてしまっていたのだ。すると、相手の男はやはり異質な調子の声で、聞きかえしてきた。

「つごうとは、なんのことです」

「あなたは貸した金を取り立てに来た、債権者のかたではないのですか」

「あはは、なるほどね。金のことか、ひとつ、その金とかいう傑作な物について、話を聞かせてくれないか」

相手の男の乾いた笑い声に、エル氏はちょっと首をかしげた。この男は、どこかが少しおかしいのではないだろうか。

それでも、エル氏はこれが人生の最後の親切と思って、事業に失敗し、借金がかさんで死ぬ以外になくなったことを説明した。

「……こういうわけで、わたしは今夜、自殺しようと思うのです」

「なるほど。それは、わたしも幸運だった。そんな光景を、見物できるとは思わなかった。いい話の種になる。うれしくてたまらない。さあ、早く自殺して見せてくれ」

これにはエル氏も腹をたてた。

「なんだと……」

「遠慮なく死んでくれと言っているのだ。わたしはじゃましないで、おとなしく見物しているから」

「見物なんかされて、たまるか。ひとが行きづまって自殺するのを見物するなんて、おまえには血も涙もないのか」

「ないね、そんなものは。おい、わたしは急ぐのだ。早く死んで見せてくれ」

エル氏はかっとなった。

「なんというやつだ、おまえは。どうせ死ぬのなら、おまえを道づれにしてやる。自殺の前に、おまえを殺してやる」

そして、机の上の拳銃を手にし、相手にむけて発射した。轟音は起ったが、古い拳銃のため弾道がそれ、弾丸は相手の足に当った。その男はきしんだような音を立てて倒れ、倒れながら言った。

「おいおい、そんなことをしてはいかんよ」

しかし、それには、あまり苦しそうな感じは含まれていなかった。エル氏はふしぎに思い、また、うつこともなかったのではないかと反省し、彼を見おろして言った。

「おい、痛いか。悪かったな。だが、おまえが、あまり気にさわることを言うからだぜ」

「いや、痛くはない」

この答えに驚いたエル氏は、身をかがめてその傷を見てさらに驚いた。そこからは、血が少しも出ていないのだ。

「これはどうしたことだ。義足か」

「いや、義足なんかではない。わたしのからだは全部が機械だ」

こう言われて、エル氏は傷口をもっとよくのぞきこんで見た。さっきの弾丸でこわれた部分からは、ぴかぴかした歯車やバネのようなものが見え、透明な油のようなものが流れ出していた。エル氏は拳銃を持ちなおし、その握りの部分で彼の頭をなぐりつけてみた。だが、相手は痛がりもせず、金属的な音と手ごたえがあった。

「ロ、ロボットなのだな、おまえは。しかし、こんな精巧なロボットは、だれによって作られたのだろう。とても、現代の技術では作れるものではない。おい、おまえはいったい、どこから来たのだ」

「あなたがたにとっては、未来というところからです。わたしは、過去に旅行しているつもりですがね」

「未来からだと。なるほど、未来でなら、おまえのようなロボットが作れるかもしれぬ。だが、どうやってきたのだ」

「タイムマシンに乗ってです。いま、お宅のそとに止めてあります」

エル氏はさっき窓の外の暗闇のなかに見た、奇妙な形の乗り物のことを思い出した。

「あれがそうだったのか。それにしても、ロボットが未来からなにをしに来たのだ」

「未来はすべてが平和で、なにもかもスムースです。しかし、だれもそれを、ありがたがりません」

「未来には借金だの、病気の苦しみなどはないのかね」

と、エル氏は少し興味を示した。

「借金、病気、失恋、争い、不満、憎悪。こういった貧困と苦痛は、なにひとつないのです。しかし、だれもそれをありがたがらない。そこで、わたしは苦しみに満ちた過去の世界を調べ、報告するために派遣されたのです。過去とくらべて、どんなにすばらしい時代かを、みなに認識させるためにです。わたしは悲惨な事件を、だいぶ収集しました。しかし、自殺だけはまだ見ていなかったので、あなたの自殺をぜひ見物したかったのです」

あまりの話に、エル氏は目を閉じ、口をあけて立ちつくした。すばらしい未来、いやなことはなにひとつなく、こんな精巧なロボットのある未来の社会。エル氏はその光景を想像し、うらやましくてたまらなかった。すると、ロボットが言った。

「どうも、自殺は延期のようですね。わたしは、あまり待ってはいられません。残念ですが、ぐずぐずしていると、時空連続体の状態が乱れ、帰り道のエネルギーが足りなくなりますから。では……」

ロボットはよろよろと立ち上り、足をひきずりながらドアから歩み去ろうとした。エル氏は、あわてて呼びとめた。

「ま、待ってくれ。おれも連れてってくれ。たのむ」

「それは困ります」

「いいじゃないか。おれのような悲惨な人間が行って、自分で説明したほうが役に立つだろう」

と、エル氏はすがりついた。

「それはそうですが、未来をのぞいたら、二度と戻ることは許されませんよ。過去に戻って未来の話をされたら、歴史が乱れ、とんでもないことになるのです」

「そんな心配はしないでくれ。おれは現代に絶望しているのだ。貧困と苦痛と悪徳のない世界に行けたら、だれが帰ろうと考えるものか」

エル氏はむりにたのみこみ、暗がりのタイムマシンにいっしょに乗りこんだ。空間を引き裂くような音が響き、灰色の霧に包まれたような感じとなり、タイムマシンは未来にむかって、時間のなかをつっ走った。

「さあ、つきましたよ」

ロボットの声に、エル氏はあたりを見まわした。明るい日の光のなかで、整然とビルが並び、人びとの表情に暗いかげはなく、すべては一糸乱れず運行しているようだった。完全な、明るい、すばらしい未来の社会だ。

エル氏はまもなく恐るべき世界にいることを知った。たしかに、貧困も苦痛も悪徳もない。しかし、だれもがロボットなら、当り前のことだった。それに、食料といえば機械油と電池ばかり。そのうえ、死んだとしても生まれ変るあてすら……。

夢の都市

朝が訪れてきた。この部屋のすみにはベッドがあり、その上ではひとりの男が眠っていた。やがて、まくらもとにある合金製のユリの花が首をもたげた。花の奥のほうで、かすかなざわめきが起ったかと思うと、そこからひややかな空気が流れだし、彼の顔の上にひろがっていった。

彼は鼻をぴくつかせ、その空気を大きく吸いこみ、目を開いた。そして、気持ちよさそうに伸びをした。

「ああ、あ。もう朝か。せっかくの楽しい夢を……」

彼はつぶやいて語尾をあくびとまぜながら、手をのばして、合金製のユリの葉にふれた。吹き出していた空気は弱まり、止った。この装置は朝の一定の時間になると、覚醒剤の霧を含んだ空気を発散し、目をさましてくれる機能を持っている。

彼の起きたのに気づき、壁の電子記憶装置は彼にむかって電波を送り、彼の右の耳につけられているイヤリングはそれを受け、音を変えてささやいた。

「きょうは、あなたの祝賀会のある日でございます。どうぞ、そのおつもりで」

「うむ。わかっておる、わかっておるとも。この待ちかねた日を、わしが忘れるものか。さっきの夢も楽しかったが、それが中断されても少しも残念ではない。きょうの祝賀会は夢ではないし、夢以上に楽しいことだ。わしが半生をささげた、この都市の祝賀会。わしは市民たちから、感謝をささげられるのだ。人生にとって、こんなすばらしい日はあるまい」

彼は顔を笑いで満たし、とめどもなくつぶやきつづけた。五十歳をちょっと過ぎた、体格のいい男のこんな姿を見る者があったら、だれでもこっけいに思うにちがいない。だが、彼には妻子がなかったので、それを注意されることなく、心ゆくまでその動作をつづけることができた。

そのうち、窓のカーテンが自動的に開き、そとの光を導き入れ、彼はベッドに身をおこして景色を眺めた。高層ビルが整然と並んでいるその眺めは、いつも見なれたものではあったが、きょうは特別な印象をともなっていた。

「人口が三千万人。それがすべて、スムースに運営されているのだからな」

彼は自分に話しかけるようにつぶやいた。彼は市長。二十年まえ、彼は、そのころはまだ小さかったこの都市の市長に選ばれた。そして、青年らしい理想に燃え、雄大な都市計画を立てたのだった。

それから今日まで、彼は独身をつづけ、理想の実現に人生を捧げてきた。都市はそれとともに発展し、いまや、三千万人の住む有数の都市となったのだ。だが、人口の点ばかりではなく、その機能においてもすぐれ、他の都市はみな、ここをモデルとして建設されている。きょうは彼の、この労にむくいるための感謝会が催される。

彼はベッドをおり、シャワー室にむかった。ベッドはそれに応じ、自動的に畳まれ、壁のなかに消えた。

パジャマをぬぎ、シャワー室に入ると、たちまち空気が渦をまきながら流れだし、彼のからだを包みはじめた。この空気は特殊な気体を含み、皮膚のよごれを微粉に変えて洗い去ってしまうのだ。

彼は目を細めて、空気に身を洗わせていたが、その時、耳のイヤリング型受信器が、またささやいた。

「お電話でございますが、いかがいたしましょう」

彼は、

「よし、つなげ」

とうなずき、首のまわりにある銀の輪を始動させた。この輪はのどから声を受け、相手に伝える性能を持っている。

「もし、もし。どなたです……。あ、きみか。このところ、しばらく会わないじゃないか。どうしたい」

彼の声は、なつかしげな響きをおびた。相手は、大学時代の友人だった。

「いま空港に着いたところだ。学会があるのでやってきたわけだが、きょうはきみの祝賀会だそうだな」

「ああ。だが、祝賀会のはじまるまで、まだ時間がある。もし、時間に余裕があるのなら、ちょっとうちへ寄っていったらどうだ」

「ありがとう。では、そうするかな」

「すぐ来いよ。空港からここまでなら、地下のパイプ道路で五分だ。待っているよ」

「すぐ行く。じつは、きみにも早く知らせたいこともあるのだ。では、会ってから……」

相手はこう言って電話を切った。空気シャワーはしばらくつづいたが、やがて終り、彼はすがすがしい顔つきになり、シャワー室を出た。そして、全身マッサージ器に身をまかせていると、ドアのほうでベルが鳴り、来客を告げた。彼はガウンをつけ、遠隔操作でドアをあけた。

「やあ、しばらく。なにはさておき、おめでとうだな。都市をこれまでに育てあげた市長さま」

友人は、おどけた口調で声をかけながら入ってきた。

「いや、ありがとう。どうだ。いっしょに朝食をとろう」

と、市長は友人をテーブルに案内した。そして、テーブルのはじにある、小さな蛇口に手をかけて聞いた。

「まず、コーヒーを飲むか」

「ああ、熱いのをたのむ」

市長は目盛をあわせ、ダイヤルをまわした。蛇口からコーヒーが湯気をたてながら、コップにみちた。それを友人にすすめ、つぎに彼は目盛を変え、自分のコップにミルクをみたした。

「すべてはパイプで配達される。これも、いまではどの都市でも行なわれているが、じつはここが最初だったのだ」

市長はミルクを飲みながら、とくいげに言った。

「さぞ大変だったろうな」

「ああ、ミルク、コーヒー、各種のスープ、ジュース。これをそれぞれパイプで配達するのだから容易ではなかった。だが、苦心しただけのことはあった。配達のための容器というものが、まったく不要になったのだからな。容器に入れ、すんだら捨てるというむだな行為がなくなったのだ。それに、好きな時に好きな量が、すぐに使える」

市長はミルクを飲み終え、ボタンを押した。机の横から、出来たての柔らかいパンがあらわれた。

「いつでも出来たてのパンが食べられるようにしたのも、きみの努力だったな」

「ああ、パンの原料を液状にして各家庭にとどけ、家庭では必要に応じて自動式パン製造機で一瞬のうちに焼きあげる。これだって、計画を立てた時には、みな大笑いしたものだ。しかし、いまでは大笑いした連中も、こうして送られてくるパンを食べている。パンばかりではない、なんでもそうだ」

市長はべつな蛇口をまわし、ゼリー状の食品を皿に盛ってすすめながら、

「ところで、きみは、あいかわらず子供相手の研究かい」

「ああ、子供専門の医学をやっている。まったく、子供たちの健康状態はむかしにくらべ、とてもよくなった。なりすぎる傾向がある」

友人はなにかを言いだそうとしたが、市長は笑いながら手をふった。

「いい傾向じゃないか。それでこそ、わたしの努力がみのったというものだ」

「だが、よく食べ、よく消化する。どうもそれが困るのだ」

「きみは妙なことを心配するな。なにが心配なんだ。食品合成工場は消費に応じて、いくらでも生産をあげられる。栄養に富み、清潔なままパイプで配達される。食料の心配はなにもない」

「しかし、それを配達しなければならない」

「配達の心配は、なにもない。いくら量がふえようが、大丈夫だ。よく説明してあげるから、こっちへ来たまえ」

ちょうど食事も終ったので、市長は友人を書斎に案内した。そこの壁には、この都市の断

面図がかかげてある。

「これだな。断面図は」

と、友人はそれを眺めながら、首をかしげた。だが、市長はそれに気づかず、とくいな調子で指さした。

「すべて理想的だ。空間はむだなく利用されているし、どんな事態にも応じられる。この地下を通る食料用のパイプは、この太さで各ブロックまで送られ、ここで細かい管にわかれて各家庭に行く。人体で言えば毛細血管というわけだ。あ、それはきみの分野だったな」

「食料の消費がふえたら、どうする」

「この、メイン・パイプの太さは一定だが、なかを流れる液の圧力をあげられるようになっている。圧力をあげれば、ふえた消費を支障なくまかなえるじゃないか」

友人は、そのそばのパイプを指さして聞いた。

「このパイプはなんだ」

「これは廃品を運び去るパイプ。そして、これが新品を送ってくるパイプ。太さもこれだけあれば、充分だろう。やってみせようか。そうそう、この椅子のぐあいが悪くなった。新品とかえなければ……」

市長は思いだしたようにそばの椅子を持ちあげ、壁の穴にほうりこんだ。カリカリという軽い音が響き、プラスチックの椅子は粉末となり、流れ去っていった。

「……廃品はすべて粉末となって運び去られる。だから、太さはこれでいいのだ。新品を運んでくるパイプも、充分に検討したうえでこの太さに決定した」

市長はこう言いながら、カード式のカタログを注文器にかけた。注文器はそれを信号として工場に伝えたらしく、製品配達の穴は、つぎつぎと椅子の部品を吐き出した。注文器は機械製の手でそれを受けとり、みるみるうちに椅子を組立て終えた。

「部品として配達し、各家庭で組立てる。この計画には、はじめ異論があった。能率が悪いというわけだ。だが、断固として実現してみると、それを補ってあまりがあることが、だれにもわかった。大きな形で輸送しなくてすむ点だ。空間が、むだなく利用できる。そのため、覚醒剤を含んだ空気、シャワー用の空気を送るパイプを配管する余地もできたわけなのだ」

友人はずっと首を振りながら聞いていたが、こう聞きかえした。

「大きな物を輸送する必要ができたら、どうするんだ」

「すべて部分に分解できないものはない。今後なにか新製品が完成しても、注文器はその部分を組立ててくれるから、その心配はない」

友人は断面図にさらに近より、各種のパイプの中央を通る二本のパイプの上を指でたたいた。

「この二本が乗り物だろう」

「そうさ。きみがさっき乗ってきたし、また、きみの都市でも利用されているものだ。むこうに進むパイプと、こっちへ戻るパイプ。これを利用すれば、どこへも行ける。パイプの下を動くコンベアー・ベルトの上の椅子にかければ運んでくれるのだ。まもなく、この椅子全部にテレビをつける計画だ。いずれ、ほかの都市もまねをするだろうが、これが完了すれば申し分ないだろう」

「ますます、のんびりとしてくるな」

「そうだ。のんびりとだ。機械は正確にスムースに運行し、人びとはそれによって、のんびりと生活する。これこそ生活の理想だった。だが、この都市は、その夢をはじめて実現した」

「すばらしいことだな。よく、ここまでやったと思う」

「すばらしい。その通りだ。われながらよくやったと考える。もう一度くりかえせと言われても、とても出来ないことだ。だが、幸い成功し、完成した。そして、まもなくその祝賀会だ。喜んでくれるかね」

しかし、友人は顔をくもらせて言いよどんだ。

「そう言いたいところだが……」

「なんだ、なにかあるのか。あるなら言ってくれ。だが、あらゆる事態に対応できるはずだが」

「じつは、ぼくの研究分野の最近の発見なんだが」

「子供たちがどうかしたのか」

「健康状態がよすぎるんだ」

「その話は、さっき聞いた。なにも心配することは、ないじゃないか」

「いや、それに精神的にものんびりしているため、成長がとてもよい」

「それも結構なことだと思うが」

「だが、どんなに成長すると思う。いまの予想では、成人するとわれわれの倍ぐらいになるらしい」

市長はしばらく黙っていたが、やがて事態の重大さに気づいた。

「そ、そうか。きみがさっきから気にしていたのはその事だったのだな。うむ、交通用のパイプを、ひろげなければならないわけか」

市長は断面図に目を近よせたが、苦しげな声でつぶやいた。

「だめだ。空間を無駄なく利用してあるので、これ以上ひろげられない。ひろげるとなると、物品輸送、食料、すべてのパイプに影響してくる。これは大工事だ。だが、三千万人の生活のためには、それもやり直さなければならないことだ。さっそく五カ年計画をたて、これを市長としての最後の仕事としなければならないな」

友人はそのつぶやきを耳にし、さらに言いにくそうに言った。

「しかし、問題は交通用パイプだけじゃない。もっと大きなことだよ」

「それはどんなことだ」

「このビルの列。その部屋。部屋の高さ、広さをも、ひろげなければならないのだ」

「ああ、どうしたらいいんだ。なにもかもやりなおしだ。この都市をすべてこわし、そのあとに新しく作りなおさなくてはならないのか」

市長は窓から限りなくつづくビルの列を眺めた。その悲しそうな顔を見て、友人はなぐさめる声をかけようがなかった。その時、耳のイヤリングは容赦なくささやいた。

「そろそろ、祝賀会へお出かけになる時間です。ご用意ください」

サーカスの旅

「団長、さっきの星の基地では、みなが大喜びしてくれて、よかったですね」

と、私は宇宙船の速力をあげながら、こう話しかけた。団長はうなずき、答えた。

「ああ、われわれも、はるばるやってきたかいがあったな。さあ、つぎの星に急ごう。そこでも、さぞ待っていることだろう」

私たちの赤や青や黄色ではなやかに彩った宇宙船は、いま、ひとつの星を飛び立ち、つぎの目的地をめざして、静かに空間を進みつつある。

私は時計を見た。

「あ、そろそろ食事の時間ですよ」

「そうだな。おーい、みんな食事だぞ」

大声で叫んだ団長の声に応じて、となりの船室から何匹もの犬たちが、かわいらしい声でうれしそうになきながら、飛び出してきた。

私たち二人はこの犬たちに芸をしこみ、サーカス団を作ってほうぼうの星をまわっているのだ。

地球から移住してきて、星々で開拓に従事している人びとは、私たちの宇宙船の来るのを待ちかねている。

犬たちと私たちは、ずっといっしょに旅をしているので、おたがいのあいだは地球上での人間どうしより、ずっと強い親しさで結ばれている。

私たちの話は犬たちにすぐ通じるし、私たちもまた、彼らのなき声と身ぶりから、その気持ちを察することができるのだ。そのため、星から星への長い旅もさびしくはなく、船内にはいつも、なごやかさとにぎやかさが満ちていた。

しかし、この旅の途中、思わぬ事態が発生した。

「団長、困ったことになりました。このままでは、つぎの星まで食料が持ちそうにありません」

「そうか。出発の時に、よく調べておけばよかったな。といって、いまさら戻るわけにもいかない。そうだ、さいわい、あそこに星が見える。着陸してみよう。なにか手に入るかもしれない」

私は船体を、その未知の星に着陸させた。窓からのぞいた私は、言った。

「団長。あの植物を、ごらんなさい。うまそうな実が、なっていますよ」

「ますます、つごうがいい。よし、取りにいこう」

私たち二人は船体を出て、植物のしげみにむかったが、この時、予期しなかった妨害にであった。

とつぜん、牙《きば》をむき出した犬たちがどこからともなく現れ、しだいに数をましながら、私たちにむかってほえ立てたのだ。

「これはいかん、早くもどろう」

「この星は、犬ばかりの星らしい」

私たちは、あわてて船内に逃げこんだ。

しかし、武器をつんでこなかったので出るわけにもいかず、だからといって、飛び立って餓死への旅にむかうのもいやだ。

その時、船内の犬たちがこう提案した。

「わたしたちに、まかせなさい。なんとか交渉してみますから」

そこでドアをあけてやると、私たちの犬はぞろぞろと出ていった。窓から見ていると、犬たちはこの星の原住犬たちと話しあっているようすだったが、しばらくすると交渉が成立したのか、目的の植物の実を口にくわえて、たくさん運びこんできた。私たちは、ほっとした。

「うまくいったな。どう話したんだい」

私たちの犬は、答えてくれた。

「ありのままに説明しただけですよ。星から星へとサーカスをしてまわっているが、途中で食料が不足してこの星におりた。あの植物の実をわけてほしい、とね」

「それはよかった。だが、お礼は、どうしたらいいだろうか」

「連中は、サーカスというものを見たがっています。見せないわけにはいきませんよ」

まったく、とんでもない事になったものだ。

だが、やらないわけにはいかなかった。船体から流す音楽にあわせて、団長と私とは、犬たちの指揮に従って、とんだりはねたり、逆立ちをしたり、組打ちをしたり、くたくたになるまで続けなければならなかった。

一方、はじめて見るサーカスなるものに、原住犬たちは大喜びのようすだった。きっと、こう話しあっているにちがいない。

「これはすごい。あの二本足の大きな動物を、よくこれまでに訓練したものだ」

かわいいポーリー

おれは船員だった。

ずっと若いころから船に乗り、世界中のほとんどの港をまわったものだ。おれはきみたちにくらべると、頭もあまりよくなく、顔つきもぱっとしない男だ。陸上の生活なら、そのためずいぶんいやな思いもするだろう。しかし、広々とした海を眺めての生活では、そう不愉快な目にもあわなくてすんだ。

おれは、むだづかいをする性格ではなかったから、けっこう金がたまった。

それに、片手間に密輸の仕事も一生懸命にやったのだ。密輸の仕事は、きみたちのように気がきくやつは、いかんのだそうだ。おれは信用され、麻薬とか宝石とかいろいろまかされ、ずっと遊んで暮せるくらいの金がたまった。

しかし、おれのような男は、いくら金を使っても、きみたちのようには女にもてないものだ。

そこで、おれはもっと金をためようと思った。

金をためるということは、さしあたり使うあてがなくても楽しいものだ。しかし、ついにそれをやめなくてはならない時が、きてしまった。

地中海のある小さな港で、いれずみをしてもらったのが原因だった。船の仲間はたいてい女だとか、船だとかのいれずみをしていて、おれだけまだしていなかったから、この際、やってもらおうという気になったのがいけなかった。そして、同じやるなら、だれもがしているような平凡なものでなく、うんと変ったものにしようと思ったのもいけなかった。

「どんな図柄になさいますか」

その、としとったジプシー女は、うす暗い小屋の奥で、見本の絵の書いてある紙をめくりながら、おれに聞いた。その時、おれには珍しく、すばらしい考えが頭に浮かんだ。

「キャベツにしてくれ」

キャベツのいれずみは、おれの記憶では見たことがなかった。おれはちょっと得意だった。しかし、あまり変った注文なので、笑われるのではないかと心配しかけたが、そのジプシー女は、なぜか顔色を変えてとめた。

「それだけは、おやめなさい」

おれは頭は悪いが、やはりきみたちと同じに、やめろと言われると、やってみたくなる。おれは、うそをついた。

「いやだ。おれはいれずみならキャベツと、前からずっと考えつづけていた。だが、どのいれずみ師にもできないので、きょうまで、しなかったのだ」

「だれもやらないのは、やってはいけないからです」

「おまえにできないから、そんなことを言うのだろう」

「できないことは、ありません。しかし、あとで、とんでもない目に会います。一生、後悔なさいますよ」

「かまわん。おれは仲間に自慢したいのだ。金はいくらでも出すから、ぜひやってくれ」

おれはこんな時でないと金を使うことがないと思い、ジプシー女をときふせ、ついに左の二の腕にキャベツのいれずみをほらせた。

とてもすばらしいできばえで、ちょっと見ると立体的な感じさえするほどだった。おれは船に帰り、仲間たちに見せて自慢した。

しかし、みなは目を大きく見開きはしたが、思ったほど感心してくれなかった。おれは、ちょっとがっかりした。

そして、悪いことがつづいた。その晩からそこがかゆくなり、かきつづけているうちに傷から塩水が入ったのが悪かったのか、うみはじめた。二、三日するとなおったように思え、ホウタイをとってみて、おれはそこに妙な現象を発見した。キャベツがなくなり、そのかわりに女の顔があったのだ。

女の顔はキャベツの時と同じように立体的な感じで、生きているように見えた。ためしに指で突っついてみると、痛そうな表情をしたようだった。これは面白いと思って、急いで仲間に見せてまわったが、こんどもだめだった。みな目をそらし、黙って顔をそむけたのだ。表情を持つにいれずみなんて、じつにすてきだと思うが、なぜ、だれもほめてくれないのだろう。おれはつまらなかった。おれは女の顔があまり美人でないので、そのせいだろうと思った。

つぎにおこった悪いことは、おれがくびになったことだ。まもなく船長から、

「こんど帰港したら、やめてくれ。みなは、きみがいると働きにくいそうだ」

と、言い渡されたのだ。いくらたのんでもだめだった。ジプシー女の言ったことは、くびになることだったらしい。なにも失敗をしないのにくびになるなんて、不運としか言いようがない。

おれは一軒の小さな家を買い、しばらく陸の生活をすることにした。そのころには、腕の女の顔はしだいにもりあがってきた。ちょうどコブができ、はれてきたような感じだったが、べつに痛くはなかった。大きくなるにつれ、時どき、まばたきをするようになった。だが、あまり美人でないので、少しも可愛げがなかった。おれはこれがもっと美人だったら、くびにならないですんだのにと思うと、腹が立ってきた。

そして、かっとなった。そばにあったナイフでそぐと、それはうまくもげ、胸が少しすっとした。おれはその首を、庭のすみに穴を掘って埋めてしまった。

だが、それで終りではなかった。しばらくして傷あとがなおり、腕を見ると、また女の顔があらわれてきたのだ。前のとちがった顔だったが、これもあまり美人とは言えなかった。なんとかましな顔にならないかと思って、おれはセンタクバサミでその鼻をつまみ、少しようすを見ることにした。一週間ばかりたって、顔がもりあがってきたので、鼻が高くなったかとセンタクバサミをはずすと、もとの低い鼻にもどってしまった。

整形手術でもすればいいのだろうが、医者に見せると評判になるかもしれない。船でのように、いやがられてもつまらない。

おれはいろんな化粧品を買ってきて、お白粉《しろい》や口紅をぬってみた。こんなことははじめてなので、しばらくはとても面白かったが、どうもうまく仕上らなかった。おれは、不美人の顔はどう細工しても無理なのだろうと思った。そのあげく、おれはまたむしゃくしゃしてきて、その首を切りおとしてしまった。そして、これが一生つづくのかと思うと、少しばかりうんざりした。

切りおとして紙くず籠《かご》にほうりこんでおいた首がひからび、かさかさになって飛び散ってしまうころ、おれに幸運が訪れてきた。こんどあらわれた女の顔は、わりあい美人だったのだ。おれはこいつを大切に育てようと思った。

きみたちだったなら、もっと美人があらわれるはずだと、つぎつぎと首を切りつづけるだろうが、おれは自分をわきまえている。これぐらいでがまんしたほうが、いいのだ。

眠る時には左側を下にしないようにして、いく晩かたった。早く大きくするには栄養がいるだろうと思って、おれは食事をたくさんとった。そのせいか、いままでにくらべ成長が早く、大きくもりあがってきた。それとともに、美しさもましたようだ。それは、おれの心が傾いたせいでそう思えたのかもしれなかった。髪の毛もしだいに濃くなり、切れ長の目は魅力的になった。

「やあ、どうだい」

おれは、思わず声をかけた。すると、

「なあに……」

と、かわいらしい口を動かし、小さな声で答えてきた。これは新発見だった。いままでの女は口をきく気にならなかったので、このことがわからなかったのだ。

「名前は、なんていうんだい」

「あなたの呼んで下さるとおりでいいわ」

おれは、こんな従順な女にあうのははじめてだった。船にいたころつきあった女は、どれもこれもおれをばかにする女ばかりだった。おれは、うれしくてたまらなかった。

「じゃあ、ポーリーとでも呼ぶかな。ポーリーだよ」

おれは口ごもりながら、そっと呼んでみた。胸がどきどきした。

「なあに……」

「おれはぱっとしない男だが、逃げないでくれ」

「だいじょうぶよ」

女はにっこり笑い、おれは気がついた。おれの腕にくっついているのだから、逃げようがないのだ。そこで、おれも笑った。やっとおれにも、自分の女が手に入ったのだ。頭の悪い、みにくいおれにも。

おれはキスをした。ポーリーはちょっといやがった。はじめてなので恥ずかしいのか、それとも、おれがあまりスマートでないのでいやだったのか、わからなかった。だが、いやもおうもなかった。そのうちなれてくるだろうと思ったが、少し悪いような気がしたのでこう言った。

「ポーリー。なにか、して欲しいことがあるかい」

「あたし、お菓子が食べたいわ」

「いいとも、持ってきてやるよ」

おれはキャンデーをひとつ、その小さな口に入れてやった。

「ありがとう。おいしかったわ」

おれはそれから、ポーリーと話し、キスをし、お菓子を食べさせることで日をすごした。ポーリーはおとなしくて、いい子だった。おれはポーリーにたくさんお菓子を食べさせ、その喜ぶ顔をみて楽しんだ。

ポーリーは少しずつ大きくなり、それにつれ、なれてきたのかよく話すようになり、よく食べるようになった。あれが食べたい、これが食べたいと言うようにもなった。おれは商店に電話し、それらをみな運ばせた。おれは、船の時にむだづかいをせず、金をためておいてよかったと思った。

金というものは、自分の女につぎ込むのが、いちばんいい使い方なのだろう。

「遠慮しなくてもいいぜ。おれには金がいっぱいあるんだ」

ポーリーもそれを聞いて、うれしそうだった。

おれは、ジプシー女の言ったことのでたらめだったことがわかった。こんな幸福なことは、ないじゃないか。

おれのポーリーはますます美しく、大きくなってゆく……。

おれは、しばらくぶりで街にでた。ずっとポーリーにかかりっきりだったので、街はほんとうに久しぶりだった。

とつぜん口笛が聞こえた。

そっちに目をやると、そこに船員のころの仲間が酔っぱらって歩いていた。おれはなつかしくって声をかけようとしたが、彼のほうから先に呼びかけてきた。

「よお、ねえちゃん。なんて名だい」

「ポーリーよ」

と、ポーリーが先に答えてしまった。

「一杯つきあわないか」

彼は近よってきた。

おれは大声で、早く帰ろうとポーリーに言ったが、その声は、どうも小さすぎて、ポーリーには聞こえないようだった。そのうえ、ポーリーはハンドバッグからバンソウコウを出して、おれの顔の上に押しつけやがった。

契約者

私は悪魔。もえさかる地獄の火のそばに、こっそりバーベキューの道具をそろえたとたん、それを魔王に見つかってしまった。

「こら。なまけるな。おまえは食ってばかりいて、ちっとも運んでこない。さあ、地上へ行って、人間をぞろぞろ連れてこい」

やれやれ、上役の命令ではさからえない。私は地上にあらわれ、線路のそばに、しょんぼり立つ、ひとりの男を見つけた。これは、ちょうどいい。やつは、飛び込むつもりにちがいない。そこで声をかけた。

「まあ、お待ちなさい」

「いや、とめないでくれ。とめる本人は、さぞいい気持ちだろうが、決して金をくれはしない。世の中とは、そんなものなのだ。どうせ、おまえさんもそのくちだろう」

すばらしい。ぴったりだ。こんなぐあいに、無茶な理屈で社会を呪うような者でないと、こっちが困る。

「ごもっともです。ぜひ生きながらえて、そんな社会に復讐《ふくしゅう》しておやりなさい。及ばずながら、お手つだいいたしましょう」

「これは話せる。しかし、ただではあるまい」

「死ぬ時に、魂でもいただければ……」

「あっはっは。そんなものに担保価値があるとは知らなかったぜ。いいとも」

「では、契約しましたよ」

と、やつをパチンコ屋へ案内した。

「すごい。夢のようだ。ううむ、さては、ほんものの悪魔だな。すると、死んだら地獄行きか。それは、いやだ。契約は取り消しだ」

「そうはいきませんよ。あはは……」

うまいぐあいだ。やつは、すべての勝負ごとで勝ちつづける。しかし、約束された地獄行きの不安をまぎらそうと、無茶な金の使いかたをするはずだ。それにともなって、悪徳がひろまり、われわれのお客がふえるというしかけなのだ。

私は能率を上げるため、もう一人と契約した。まく種が二つなら、収穫も倍だ。にこにこして、地獄にもどってくると、声がかかった。

「おい、悪魔。ちょっと来てくれ」

呼びもどされて、地上へ行くと、私の契約者が二人ならんでいた。

「おや、これはおそろいで……。だが言っときますがね、解約はできませんよ」

こう言い渡したが、やつらは、

「解約ではない。これから二人で、勝負するところだ。どうなるかな。おまえは、そこで見物していろ」

「ま、待ってください。そんなことをされると、悪魔の信用が落ちてしまいます。助けると思って、やめてください。なんでもしますから……」

「そうか。ではそのかわり、おまえは今までのように、われわれに金をもうけさせるんだ。そして、死んだときは、天国へ案内すると約束しろ。……おい不満そうな顔をするなよ。悪

徳だけはちゃんとばらまいて、ほかの大勢を地獄に送ってやるからな」

なんと言われても、従わないわけにはいかなかった。まったく、このごろの契約者のずるくなったこと。私が人間だったら、こう、どなるところだろう。

「この悪魔め」

となりの家庭

私のとなりの家に、とんでもない夫婦が越してきた。子供がないので静かな家庭だろうと思ったが、その予想はみごとにはずれた。あいだに庭があるにもかかわらず、大きなどなり声が耳にとびこんでくる。たちの悪いのは亭主のほうのようで、聞こえてくるのはいつも男の声だった。

奥さんの方はおとなしい女らしく、時たま見かけるようすは、悲しみを全身にたたえ、じっと不幸に耐えているといった感じだった。

それからみて、亭主が非常に暴君で絶えず彼女にあたり散らしていることを、容易に察することができた。私たちの平和な家庭にくらべ、そこには雲泥のちがいがあった。

しかも、となりのさわぎは、日がたつにつれて、ますますひどくなってゆくように思えた。彼女の顔の赤いはれが、大きくなってゆきはじめたのだ。きっと、ひっぱたかれ方が強くなったのだろう。

この調子だと、今後どうなるのだろうか。私は、ひとごとながら気になった。しかし、まさかわざわざ訪問して、よその家庭内のいざこざにまで立ち入って質問し、忠告することもできない。仕方なく、はらはらしながら成り行きを見まもるばかりだった。

しかし、そのどなる声が、しばらく前から聞かれなくなった。

私ははじめ、夫婦で旅行にでもでたのか、それとも近所の手前はずかしくなって、あいさつもせずそっと引っ越したのかと思っていた。しかし、ある日の午後、私が庭の手入れをしていると、垣根ごしにとなりの奥さんを見かけた。そのようすは今までと見ちがえるぐらい、いきいきとしていた。声をかけたくなるほどだ。

「やあ、奥さん。いい天気ですね」

「ええ、ほんとに。気持ちまで、すっきりするようですわね」

その声も明るく、のびのびとしていた。そこで、私はつい、こう聞いてしまった。

「ご主人は、お元気ですか」

口に出してから、こんなことを聞いては悪かったかなと思ったが、彼女はくったくなく答えてくれた。

「ええ、おかげさまで、と言いたいんですけどね、じつはこのあいだ、ちょっとけがをしてしまいまして、このごろはずっと家の中で静養しておりますの」

「ほう、それはいけませんね。ところで、けがはどんなぐあいなのですか」

「自動車事故ですの。無茶な運転をして、電柱にぶつかり、頭を打ったうえ、足の骨まで折ってしまいましたの。回復には、だいぶかかりそうですわ」

「それではさぞ、お世話がたいへんでしょう」

と、私は大いに同情した。だが、彼女の答えは、それほどでなかった。

「だけど、考えようですね。いままではとてもうるさい人でしたけど、事故以来、本当に人が変ったようにおとなしく、やさしくなりましてね。いつまでも、この状態がつづけばいいとさえ思いますわ」

彼女は楽しそうに笑い、自分の家をふりかえって、

「あなた」

と呼んだ。すると、家の中から亭主がぎこちない足どりで姿を見せ、

「ああ……」

と答えた。彼の表情も、見ちがえるほどなごやかだった。いままでの彼なら、彼女がほかの男と話しているところを見つけると、目をつりあげてどなったものだが、頭の打ちどころによっては、ああも人が変るものとみえる。意外な思いにとらわれている私に、彼女は、

「そろそろ、食事の用意を、しなければなりませんので……」

と言って、自分の家にもどっていった。そして、亭主を抱きかかえるようにして、椅子にかけさせてやるのが見えた。私は、彼女のやさしさに感心した。これまで、あれだけいじめられたのだから、この際、しかえしをしたらよさそうなものだが、そんなそぶりは少しも感じられない。

それから数日たち、私はとなりの亭主を見舞いに行きたくなった。おとなしくなった暴君というものは、なんとなくあわれで、好奇心をそそられる。よく観察してみたい衝動を、押えることができなくなった。ちょうど友人から贈られたウイスキーがあったので、それを手みやげとして訪問をこころみた。

玄関のベルを押して待ったが、なかなか応答がなかった。だが、私はあきらめず、庭のほうにまわり、ガラス戸ごしになかをのぞきこんでみた。そして、ひとりでおとなしく椅子にかけている亭主を見つけ、声をかけた。

「こんにちは……」

だが、彼は笑顔をこっちにむけ、

「ああ……」

と答えただけで、戸もあけてくれない。私は自分で戸をあけ、あがりこんだ。

「おけがをなさったそうで。きょうはお見舞いにうかがいました」

やはり、彼は笑顔をつづけ、

「ああ……」

と答えるばかり。私は彼になにか言わせようと、こう聞いてみた。

「きょうは、奥さんはどちらへ」

その時、とつぜんうしろで声がした。

「ここよ。さあ、覚悟して……」

驚いてふりむくと、いつのまに帰ってきたのか、彼女がいた。そして、手には小型の拳銃を持ち、それを私にむけていた。

「まってください。わたしは、お見舞にうかがっただけです。空巣にきたわけではありません。そんなものは、しまってください」

しかし、彼女は首をふって、言った。

「秘密を知られたからには、死んでもらわなければならないのよ」

「なんです、その秘密というのは」

「白っぱくれてもだめ。だけど、どうせ死んでいただくのだから、その前に、くわしくお話してあげますわ。わたしは、夫を殺してしまったのですから」

「では、このかたは……」

私は椅子にかけた男を指さしたが、彼女はかまわずに説明をつづけた。

「あたしもずいぶんがまんしてきたけど、とうとう押え切れなくなって、殺してしまいました。だけど、殺してから、どう始末しようかと考えましたの。なんとかこのことがみつからないですむ方法はないものかと。その時、新聞の片すみに〝どんなご相談にも応じます〟という広告があったのを思い出し、だめでもともと、と思って電話をかけてみました」

「アール・サービスという会社ですね」

「ええ。すると、すぐにかけつけてくれ、一切の処理をしてくれました。死体は埋めてくれるし、そのかわりに主人そっくりのロボットを作ってくれましたの。ロボットといっても外見が似ているだけで、機能は少し歩くことと、ああ、と答えることぐらい。でも、これで充分。ひとに怪しまれることはございませんわ。ねえ、あなた」

彼女が呼びかけると、椅子にかけたロボットは、さっきと同じ表情と声で、

「ああ……」

と答えた。

「こういうわけですのよ。あたしはおかげで、いままでのいやな生活からやっと解放され、やっとのびのびした人生が送れるようになれました。あたしは、この生活をつづけたい。そのためには、秘密を知られたかたには、死んでいただかなくてはなりませんの」

彼女は、拳銃のねらいを私の胸につけなおし、いまにも引金をひきそうになった。

「ま、待って下さい……」

私だって殺されたくはないし、いまの楽しい人生を失いたくはない。私はこの場をのがれるために、いままでかくし通してきた秘密を告白することにした。私の妻も、ずっと前からアール・サービス会社製のロボットになっていることを。

もとで

家々のまばらな郊外の道は、暗くさびしさがただよっていた。明るさと言えば、ところどころにある街灯が、ぼんやりとつくる黄色い光の球ばかり。終電をおりたその若い女は、急ぎ足でひとり下宿に帰る途中だった。

「ああ。早くこんな生活に、きりをつけたいわ」

彼女は闇に消えてゆく自分の靴音に聞きいりながら、つぶやいた。いやらしい酔っぱらいのきげんを取るバーづとめから、一日も早く抜け出したかったのだ。だが、ふとしたことで負った借金を、少しずつでも返してゆくには、ほかに適当な仕事もなかったし、それを返し終らないうちは、ひるまの健康的な仕事に移れない。

「あら……」

彼女は軽い叫びをあげ、不安げにうしろをふりかえった。人のけはいらしいものを、感じたのだ。だが、濃い闇を見とおすことは、できなかった。

「気のせいね」

彼女はさらに足を早め、ハンドバッグをにぎる手に力をこめた。このいつもより少し重い

ハンドバッグを、なくすわけにはいかない。さっき訪ねた友だちのところで、

「しばらくのあいだなら、貸してあげてもいいわよ。これをもとでにもうけて、早く今の生活から足を洗うことね。だけど、なくさないようにしてよ」

と念を押された上で、借りることができた大切なものが入っているのだ。

うしろのけはいが、足音に変った。そして、その足音はしだいに近づき、男の、しかも若い男の足音とわかるほど迫ってきた。

「いやだわ。万一……」

万一、たちの悪い男だったら、とりかえしのつかないことに、なるかもしれない。ハンドバッグのなかの、やっと借りてきた、もとで。これを取られでもしたら、それをつぐなうために、いまの生活をもっと長く続けなくてはならなくなる。

だが、足音はさらに迫り、予感は声となって実現した。

「おい、ねえちゃん」

彼女は、これだけは渡せないわ、とハンドバッグを胸に抱いた。しかし、

「なにか、大事そうにしてるじゃないか。さあ、それを渡しな。さわいでもむだだぜ」

もう仕方がないわ。駆け出しても、すぐに追いつかれるだろう。声を立てても、近くにそれを聞いてくれる人はいそうもない。

あばれたって、若い男には勝てそうもない。また、泣くように頼んでも、これを見たから

には返してはくれないだろう。

彼女は決心しなければならなかった。ハンドバッグをあけ、期待にみちた男にむけて、やっと借りてきたばかりの、もとでを手にした。

「わりと簡単なのね。これなら、あたしにもうまく使えそうだわ」

彼女はこう言って、小型の拳銃をハンドバッグにそっとしまった。

追い越し

明るい日の光を受け、ハイウェイはずっと伸びていた。

その青年の運転する最新型の自動車は、その上を、郊外にむかって滑るように進んでいた。新しい車は、なにもかも調子がよかった。彼はこれから、新しくつきあいはじめた女の家を訪ねにゆくところだった。

「自動車は新しい型のに限る。いや、自動車ばかりではない。女の子も同じことだ。古い型のはなんでも、つぎつぎと払い下げ、新しい型のを手に入れる。これが、おれの主義なんだ」

彼はこうつぶやきながら、スピードをあげた。いくらかあけた窓からは風が流れこみ、彼のいかにもドンファンらしく見える顔にあたった。

軽く快くつづく振動は、彼に少し前に売り払った古い型の車のことを思い出させた。そして、それとともに、このあいだ別れた女のことに連想が移った。

「あなたは、あたしがきらいになったのでしょうね、そうなんでしょう」

彼が別れ話をきりだした時、そのモデルを仕事としているという女は、顔をひきつらせ、すがるような声で言ったのだった。

「いや、そういうわけでは……」

彼はあいまいに答えたが、女はますます真剣になった。

「ねえ、別れるのはいやよ。あたしを捨てないで」

「しかし、これ以上つきあうのは、おたがいのためにも意味ないと思うんだが」

「あなたと会えなくなるのなら、あたし、死んでしまうつもりよ」

よくあるせりふだ。女はいつも別れ話の時には、こんな言葉を使う。だが、この手が通用するのなら、世の中で女と手が切れる者などないはずだ。青年はこう簡単に片づけ、べつの女に熱中しはじめたのだった。

しかし、まさか本当に死んでしまうとはな……。

しばらくして、彼女が自殺したのだ。彼はこのことを思い出すたびに、いやな気持ちになった。もちろん、別れた女に死なれては、だれでもいい気持ちではない。だが、彼の場合には、それをさらに重苦しくさせることが加わっていた。それは、別れぎわに彼女が言い足した言葉だった。

「あたしは死んでからも、あなたにどこかで会うつもりよ。きっと会うわ。その時には、せめて手でも握ってね」

いったい、どういうつもりで、あんなことを言ったのだろう。彼はこの言葉が忘れられず、思い出すたびに不気味な感じにおそわれた。

「どうせ、いやがらせさ。その場の思いつきで、なんの気なしに口から出たんだ。気にすることはない」

彼はつぶやきながら、この気持ちをふりきるように、さらにスピードをあげた。そして、前を走っている一台の車に迫った。

しかし、彼は追い越すのを不意にやめた。

前の車の後部座席に乗っている女のうしろ姿が、あの女に似ているように思えたのだ。彼はしばらく見つめていたが、やがて強く首を振った。

気のせいだ。気のせいだとも。きょうのおれは、どうかしている。彼女はたしかに死んだのだ。いまこんなことを考えていたから、ふと見た女が似ているように思えただけだ。こんな気分は、追い払わなければ。追い払うのは簡単さ。追い越しながら、顔をたしかめればいいのだ。

彼はふたたびスピードをあげ、追い越しながら、その女の顔に目を走らせた。

「ああっ」

悲鳴をあげた。それは疑いもなく、あの女ではないか。しかも、彼にむけて手をさしのべている。

「握ってよ」

と呼びかけるように。彼は思わず両手で顔をおおった。

「即死ですね。しかし、いったい、なんでこんな事故になったのでしょう。目撃なさってい て、なにか気がついたことはありませんか」

警官は手帳に書き込みながら、追い越されたほうの車を運転していた男に聞いた。

「まったくわかりません。わたしの車を追い越して、しばらくいってから電柱めがけてつき当ったんです。急に目まいでもしたとしか、考えられませんね」

「そうですか」

警官は手帳を閉じながら、なにげなくその男の車のなかをのぞいて言った。

「ところで、うしろの席の女のかたは、なにかようすがおかしいようですが……」

「いや、あれはマネキン人形ですよ。わたしは、マネキン人形のメーカーをやっているのです。これから注文先にとどけにゆく途中なんです」

「なかなかうまく出来ているものですな」

「ええ。これを作る時の、モデルがよかったのです。いいモデルでしたよ。しかし、気の毒なことに、男に振られて、しばらく前に自殺してしまいましてね」

診断

ほかにだれもいない部屋のなかで、その青年はベッドの上に横たわり、なにごとかを考えつづけているようすだった。だが、やがて目を開いた。口もとには、決意を示す表情があらわれていた。彼は立ちあがり、ドアに歩みよって声をはりあげた。

「看護婦さん。お願いです。ちょっと来て下さい」

まもなく足音がドアのそとに止まり、女の声となった。

「どうしました。大声をあげたりして」

「ぜひ、院長に会わせて下さい。会ってよくお話ししたいことが、あるのです」

「なんです。またですか。先生は、お忙しいんですよ。いつものような話なら、先生のおひまな時にして下さい」

好意のこもらない返事だったが、青年はそれを押しきるような調子で言った。

「そう言わずに、ぼくの身にもなって下さい。こんな状態がずっとつづくと考えると、いてもたってもいられない気持ちです。ぼくは今まで、ずっとがまんしてきたし、なんとかあきらめようと思ったこともあった。しかし、それではいけないんだ。そのあいだにも、そとでは計画がどんどん進められているにちがいない。ほっておけば、手がつけられなくなってしまう。ぼくは、早くなんとかしなければいけないんだ」

「だけど、先生には今まで、何度もお会いになってお話ししたのでしょう。このごろは、とくに回数がふえたではありませんか」

「お願いです。きょうこそは、なっとくのゆく解決をつけるつもりです。これが最後になっても、かまいません。ぜひ、院長に会わせて下さい」

「じゃあ、うかがってきますから」

足音は去り、しばらくして戻ってきて答えた。

「先生が、お会いになるそうです。でも、あまり時間をかけないように、お願いしますよ」

「わかりました」

そとから鍵がはずされ、ドアが開かれた。青年は看護婦のあとについて院長室にむかった。ドアの前で看護婦とわかれ、彼はノックをした。

「入りなさい」

彼はなかに入り、大きな机をあいだにして、院長とむかいあって椅子にかけた。

「やあ、気分はどうかね」

年配の院長はにこやかに話しかけたが、青年はそれに笑いかえそうともせず、せきこんだような口調でしゃべりだした。

「いいかげんで、ぼくをここから出して下さい。ぼくは健全なんだ。神経障害なんかじゃない。それはあなただって、よくご存知でしょう。もう、こんな生活はたくさんだ」

「まあ、落ち着きたまえ。よくなれば、いつでも出してあげるよ。わしだって、その日の早いことを祈っているんだ。しかし、まだ出してあげるわけにはいかない」

青年は、手で机をたたいた。

「うそだ。みな伯父とあなたの、でっちあげなんだ。ぼくの後見人の伯父と、あなたとが共謀して、ぼくをここに押しこんだんだ。ぼくがここを出られる時は、ぼくの財産が、すべてうまいぐあいにされてしまったあとだろう。すぐ出してくれないのは、そのためなんだ。早く出してくれ」

「落ち着きなさい。その妄想がいけないのです。きみはその妄想以外はすべてたしかなんだから、しばらく静養すれば、すぐに良くなるよ」

「ああ。あなたはいつも、その調子だ。まもなく、まもなくだ、そう言いながら、そのやさしそうな顔の下で、鬼のようなことを企んでいるのだ。やい、伯父から、いくら分け前をもらった」

「静かにしなさい。あばれるようなら、病室にもどってもらいます」

「ひどい。ぼくは確かなのに。ぼくをここに閉じこめておく理由はないはずだ。ちゃんとした診断もなく」

「診断書が見たいのなら、見せてあげる。それで気がすむのならば」

院長は椅子から立ちあがり、部屋のすみの棚から一枚の書類をえらび出して、青年に手渡した。青年はそれを受け取って、しばらく見つめていたが、

「こんなことだろうと思った。これは、あなたの診断ではないですか。これなら、なんとでも書けるわけだ。伯父とぐるになっているあなたの診断では、ここでは通用しても、世の中には通用しない」

院長は、少しけしきばんだ。

「いいかげんにしなさい。これは正確な診断だ。だれに見られても、信用されるものだ。さあ、それをおいて、病室にもどりなさい」

青年は、首をふった。

「いやだ。この診断書は、かえせない」

「ねえ、きみ。きみがそれをかえさなくても、わたしにはまた作れるものだよ。それに、きみが考えているようにいいかげんなものとしたら、なおさらきみには不必要なものだろう。自分でも、理屈が通らないことがわかるだろう。さあ、おとなしく部屋にもどるんだよ」

だが、青年はそれをかえさず、はじめて笑い顔を示して言った。

「ぼくは、これが欲しかったんだ。なんに使うと思いますか」

「わからんね。どういうつもりなんだ」

「あなたは伯父と共謀して、ぼくをこれだけ苦しめてきた。このことは忘れない。きっと復讐してやるんだ。だが、どうしてもここから出られないのなら、せめてあなたに対してだけでも思い知らせてやる。それには、この診断書があれば、なにをしても無罪だ。どうだ。これでもぼくが精神異常か。ざまあみろ……」

青年は勝ちほこった声をあげながら、院長にとびつき、やにわに首をしめあげた。

しかし、院長は意識を失いかける寸前に、非常ベルに触れることができた。ドアから飛び込んできた病院の者たちが、青年をとりおさえ、連れ去っていった。

「いや、危いところだった、あの患者は妙に頭が働く」

ほっとする院長に、ひとりがあいづちをうった。

「そうですね。あいつは頭も悪くないし、まじめな青年です。問題は、自分に莫大《ばくだい》な財産があるという妄想だけですね」

告白

窓からは、秋の日ざしの下におだやかに広がる家並みを見ることができた。ここは高層アパートの、小ぢんまりした一室。

窓の内側に置かれた安楽椅子は、さっきからゆっくりとゆれつづけていた。その椅子にかけた青年が、退屈そうな表情でゆらせているのだ。彼はぼんやりと外を眺め、時たま、そばの机の上の画集のページをめくる。その音は部屋のなかの、平穏さの密度を高める手伝いをしていた。

とつぜん、その静かさが乱れた。青年は口から苦しそうなうめき声をもらし、胸を押えて立ちあがった。いつもの発作がまた彼をおそったのだ。青年はよろめきながら、机に手を伸ばした。そして、そこにある紙袋のなかから一包みの薬をとりだし、ふるえる手でそれをあけ、その灰色の粉薬をコップの水とともに飲んだ。

「ああ、苦しかった。いやな病気を持ったものだ。それにしても、毎度のことだが、この薬はじつによくきく」

彼はほっとした表情になってつぶやいた。これには強力な劇薬が配合されているが、ときどきおこる彼の発作を、ぴたりと押えてくれるのだ。彼はその袋のなかをのぞいた。

「あ、あと一服しか残っていないな。あとで薬局にいって、また調合してもらわなくては」

青年は、また安楽椅子にかけた。

部屋のなかに、ふたたび静かさがもどり、退屈な気分がみなぎりはじめた。生活に不自由なく、このような一室を借りて、ひとり安静にしていられるのは、恵まれた境遇ともいえる。だが、なにもすることがないので、青年は時間を持てあましていた。

彼はラジオをつけ、クラシックの曲に聴きいった。時が流れ、日が傾きかけた。

ドアにノックの音がし、単調さが終った。

「どなたです」

彼の問に、ドアのそとから女の声が答えてきた。

「ローラ花店でございますわ。お申しつけの通り、お花をおとどけにまいりましたの」

「ああ、きょうは花をとりかえる日か。どうぞ」

彼は近くのローラ花店と契約し、定期的に花をとどけさせるようにしていたのだ。ラジオを消す。

ドアが開き、花を抱えた若い女が入ってきた。美しい色彩とかおりが室内に満ちはじめた。

「では、ここにおいておきますから。まいどありがとうございます」

女はそばの台の上に花をおき、頭を軽く下げて出て行こうとした。それを見つめていた青年は、ある思いつきに目を輝かせ、彼女に呼びかけた。

「あ、お急ぎでないのでしたら、ちょっとお話ししたいことが……」

「なんでございましょう」

と、女は不審そうにまばたきをした。

「ぜひ聞いていただきたいことがあるのです。何回もあなたを見ているうちに、ぼくはあなたのことが忘れられなくなってしまったのです」

「まあ、そんなご冗談を」

「冗談なものですか。本当のことですよ」

青年は、まじめな表情をよそおった。持てあましていた退屈を、この女をからかうことでまぎらわそうとしたのだ。そして、本心でないためか、言葉はなめらかに口から流れ出た。

「だけど、あまり突然すぎて」

「それは仕方のないことでしょう。愛情の告白とは、いつも突然にきまっています。信じてもらえないかも知れませんが、ぼくは思いつめているのです」

彼は自分の演技に酔い、その酔いをさらに高めたく思った。そして、机の上の紙袋を取り、こうつづけた。

「ぼくはこんな薬を用意しているのです。あなたから拒絶の言葉を聞いたら、すぐに飲むために」

彼はなかから一袋出し、そばの金魚鉢のなかにほんの少し落した。金魚はたちまち狂ったようにもがきはじめた。女はそれを見つめていたが、無言のまま視線を青年にもどした。

「さあ、お答えいただけませんか」

彼の興奮は満足で高まったが、女はやはり黙ったままだった。

「そうですか。やはりぼくでは、お気にめさないのですね。では、水をくんでこよう」

青年はコップを手に台所にいった。だが、またその時、発作におそわれた。夢中になってしゃべりつづけたことが、発作を早めたのかもしれなかった。一刻も早く、薬を飲まなければならなくなった。

コップを手に、苦しげな表情でもどってきた青年を、女はやはり無表情に迎えた。なんだ、にぶいのか冷たいのかわからないが、面白くない女だな。彼はこう思ったが、いまはそんなことはどうでもよかった。彼は薬を口にあけ、コップの水で一息に飲んだ。しかし、おさまるはずの発作は、ますますひどくなるばかり。彼は胸を押え、床に倒れた。

彼女は身をかがめて、そっと抱きおこし、夢見るような表情になり、うれしさにみちた声で言った。

「ほんとに飲んだのね。うれしいわ。あたしのことを、こんなに思っていてくれる男がいたとは。あたしも、あなたが好きになったわ。好きよ。だけど、苦しむことはないわ。さっき、その中身はいつも持ってる消化薬とすりかえておいたのだから……」

交　差　点

　私は刑事。事件が一段落したので、久しぶりに同僚たちと雑談にふけることができた。その時、交通係の同僚がこんなことを言いだした。

「ところで、あの二丁目の交差点で、ばかに交通事故が多くなってね」

「そうか。だが、あの交差点はほかにくらべて、とくに交通量が多いというわけでもないじゃないか」

　と私は首をかしげた。

「ええ、だから変なんです。このごろは交通量に関係なく、事故がおこるんです。さっきもオートバイに乗った若者が、停車中のバスにぶつかって即死したんですが、その原因がわからないんですから」

「事故を目撃していた者は、いなかったのか」

「いました。しかし、その話を総合してみると、そうしなければならない理由もないのに、ふいに自分でハンドルを切って、バスにぶつかったことになるのです」

「おかしな話だな。発作的に自殺したような話じゃないか」

といって、これ以上推理のしようもなかった。

その時、さっきからそばで聞いていた新聞記者が口を出した。

「そのお話は二丁目の交差点ですか。事故が多いというのは」

「ああ。なぜだかしらないが、このごろとくにふえたのだ」

「そいつは面白い。ちょっと行ってみてきましょう」

「おい。面白いとは、なにごとだ」

「いや、まえまえから事故の瞬間の写真をとりたいと思ってました。わたしだけじゃなく、どこの新聞社だって、そんな写真はのどから手が出るほど欲しがっています。しかし、カメラを用意して待っている前で、事故がおこるなんて考えられない。確率は、ほとんどゼロですからね。しかし、事故が多発してくれる所があるとは、ありがたい。そこなら、カメラのレンズの前で事故がおこってくれないとも限らない。うまくゆけば、わたしも記者として有名になれます」

記者はあたふたと出ていった。私はそれを見送りながら、苦々しい思いで言葉をはき出した。

「ひでえもんだな、新聞記者というやつは、事故を楽しんでいる。いや、あいつは事故のおこるのを、祈っているようなものだ」

同僚もそれに応じて、言った。

「ああ。しかし、考えてみれば記者だけが悪いんじゃない。結局は読者の要求だ。新聞を手にすると、期待にみちて社会面をひらき、そこにどぎつい事件があると、食い入るように読みふける。だが、平穏な事故ばかりだと、なんだつまらないと、不満気な表情をする。そういった大衆の要求が、記者をあんなふうにしてしまうわけだろう」

私たちは、しばらくこんな会話をつづけていたが、そのうち、机の上の電話がなった。同僚は受話器をとった。

「え、事故だと。また、例の交差点か。うん、それは驚いたな。よし、すぐ行ってみる」

そして、電話を切り、私に告げた。

「例の交差点で、また事故があった。これから行って調べてくる」

「そうか。あの新聞記者め、さぞ喜んだろうな」

「ところが喜べなかったんだ。なにしろ、事故で死んだのが彼なんだからな」

交通係の同僚は、あまりの偶然に返事もできないでいる私をあとに、急いで現場にむかった。


しばらくして、同僚がもどってきた。

「かわいそうにな、さっきまであんなに笑っていたのに。うそのようだ。だが、カメラを片手に事故死なら、記者として本懐かもしれない」

「で、どんなぐあいの事故だったのだ。まさか、あいつがぐずぐずしていたわけでもあるまい」

「少しはなれた場所からの目撃者の話では、カメラをかまえながら、あとずさりして車道に出て、そこへ走ってきたトラックにぶつかったらしい。即死だ」

「カメラをかまえてあとずさりをしたって……。いったい、なにをとろうとしたのだろう」

「そこで、カメラに入っていたフィルムを現像してみたわけだ。すると、こんなものがうつっていた。位置から判断して、その時の被写体はこれにちがいない」

同僚は、一枚のまだよく乾いていない写真を出した。

「女の子だな」

そこには、十七歳ぐらいの美しい女の子が写っていた。じつにたのしそうに、にっこりと笑って。

「かわいい子だ。カメラがあれば、だれでもとりたくなるな。彼も、それで事故にあったのだろう」

同僚はこう言ったが、私は不審を感じた。

「だが、へんだぜ。彼には気がつかなくても、この女の子にはトラックの来るのがわかっていたはずだ。それなのに、この写真では、注意しようともせず、楽しそうに笑っている」

「そういえばそうだな」

「罪にはならないにしても、ひどい話だ。みつけ出して、厳重に説諭してやろう」

私は同僚をうながし、交差点にでかけた。そして、その写真を見せ、この女の子に心当りはないか、と商店の人びとに聞いてまわった。しかし、どうもはっきりしなかった。

「さあ、みたことがありませんね。こんなきれいな子なら、一目みたら忘れっこありませんがね」

と、どこも同じような答えだったのだ。写真のバックにうつっている商店の店員すら、

「知りませんね。お話の時刻なら、ついさっきじゃありませんか。そのころ、そんな女の子

はいませんでしたよ」

と、まったく手がかりは得られなかった。

「変な話だ。いったい、どこの女だろう」

「仕方ない。ひとまず署にもどるとするか」

私と同僚は、あきらめてもどりかけた。

その時、私は、

「あ、あそこだ」

と、叫び、かけ出した。少し前を楽しげに、舞うような足どりで歩いている女こそ、服装からみて写真の女の子にまちがいない。

同僚は私のうしろから、

「おい、どうした。だれもいないじゃないか」

としきりに呼んでいる。どうかしているのはやつのほうではないか。この女が目に入らないなんて。私は女のそばに追いつき、声をかけた。

「おい、きみ。待ちたまえ」

女の子は軽く足をとめ、けげんそうにふりむいた。

「あの、あたし……」

ふりむいた顔も写真の女だった。どうして、同僚が気がつかぬのだろう。

「そうだ。きみはとんでもないことをしたな。いったい、きみはだれだ」

女の子はささやくような声で、

「あたし……。死神よ」

と答えて、楽しそうに笑った。あの写真と同じように、にっこりと。

私は思わず、あとずさりした。だが、そう多くは戻れなかった。なぜなら、私のすぐうしろには、たまたま工事のためふたが外されていた、マンホールの深い穴が待ちかまえていたのだから。

薄暗い星で

まっ黒なガラスの板の上に、限りない宝石をまき散らして凍らせたよう。宇宙は、これ以外の表情を作らない。その星々のかすかな光が集って、この黒っぽい岩ばかりの小さな星の上に薄暗さをもたらしていた。そのなかには太陽からの光もまざってはいるが、地球上では明るく希望を象徴しているあの太陽も、こう遠くはなれていては、もはや輝きを失い、暖かさを送ってはくれない。ここでは、いつまでもいつまでも、寒さと夕ぐれだけがつづいて行く。

静寂のなかで、すべてが静止していた。しかし、地表によどんでいる重いガスのなかに、なにかうごめくようなけはいがあった。そのけはいは高まり、かすかなひとつの声となった。

「ここからは、地球が見えないのか。緑と青のまざった色の星を、だれかさがしてくれないか。よく眺めてみたいんだ……」

その声は、ガスのなかをひろがっていった。しばらくの間をおいて、少しはなれたところから、べつなかすれたような声が返ってきた。

「おい、そんなことを考えるなよ。われわれには、もう考える必要はなにもないんだ。動く必要さえも、ないんだよ」

「そうだったな。しかし、この頭というやつは、なにかを考えるようにできている。こればかりは、どうしようもないんだ」

薄暗さのなかで、さびた色の影がゆっくりと倒れ、小さな金属的な響きをたてた。

「われわれロボットは、みんな、こんな終わり方をしているのだろうか」

「ああ、そうらしいよ。地球上でそれぞれの主人たちの、私生活を知りすぎているロボット。使い古されたわれわれロボットの捨て場は、地球上にはないんだな」

「分解してしまえば、いいだろうに」

「だが、その分解工場に運ぶ途中で、だれかが聞き出しはしないかと、心配でならないらしいんだ」

「それなら高熱炉にほうりこんで、目の前で溶解させたらよさそうなものだが」

「しかし、長いあいだ使ってきた自分のロボットに対しては、それができないとみえる。まったく、人間というものはわからない。われわれの捨て場として、宇宙の空間しか思いつかないんだから」

あたりの薄暗さは、少しも変らなかった。

「しかし、われわれがこんな星に流れついたのは、どういうわけなのだろう」

「多くのロボットは宇宙を流れたあげく、太陽にひきつけられて燃えつきたり、宇宙の果てに消え去ったりしている。だが、なかにはただよっているうちに、この星にひきつけられてくる者もある。ここには強い磁力があるらしい。それが、金属質のわれわれの体をひき寄せるらしいな」

「それなら、われわれのほかにも、この星にロボットがいるのだろうな。そいつらはなにをしているんだ」

「その少しはなれた岩かげにも、ひとり倒れているよ。話しかけてもむだだよ。やつはだいぶ前に流れついたので、もう答える力は残っていない」

「変じゃないか。われわれロボットの部分品は、そう早くはだめにならないはずだが」

「いや、この地表によどんでいるガスに、金属を腐食する成分が含まれているらしく、徐々に音もなく、部分品がやられてゆく。そして、やがて全部が止まるのだよ」

単調な無表情な声で、この会話はつづいた。

「最後まで残る部分は、どこなんだろう」

「記憶と思考の部分らしいな。そこには、さびにくい金属が使われているから。岩かげのやつも、動きはしないが、あるいはその部分品はまだ動いているかもしれない」

「そうとしたら、やつはなにを考えているのだろうか」

「それは、われわれと同じように、地球でつかえた主人のことだろう。いまでもやつの主人の声が聞こえたら、やつは立ちあがろうとするだろうな。そんな力は残っていないのに」

しばらく会話はとぎれたが、その時間を埋める動きは、この星には、なにひとつなかった。

「主人か……。きみの主人はどんな人だったい」

「そうだな。どんなって言われても、言いようがない。まあ、人間というのは、みんなあんなものだろうな。主人も、その奥さんも適当にロマンチックで、適当にまじめだった。そして適当にずるく、適当に涙もろい。きみのはどうだった」

「同じようなものだったよ。人間というものは、だれもかれも大差ないな。それなのに、なんで、ああ私生活を他人に知られるのを、いやがるんだろう。わからんな」

「わからん」

また、しばらく会話がやんだ。

「ここには動くものは、なにもないんだな」

「ああ。だが、ないことはない。動いてみせようか。ここに主人の声を吹きこんだ、テープの切れはしを持っているんだ。これを耳に当てて、再生すればいい。いま、やってみせるよ」

ひとりのロボットは薄暗さのなかで立ちあがり、動こうとした。しかし、きしるような音をたてて、二、三歩よろめいただけで、すぐに崩れるように倒れた。かすかに砂ぼこりが舞った。が、それもすぐにおさまった。

「だめだ。もう手足が、きかなくなってきた。ガスの腐食は、ずいぶん早いらしい」

「では、われわれのすべての部分が動かなくなるのも、もうまもなくだな」

「おそらく、そうだろう。きみの声もさっきにくらべ、だいぶかすれてきたぜ」

二人のロボットは横になったまま、空をみつづけた。

「おい。あれが地球じゃないかな。緑色をしているじゃないか」

「どれどれ、そんな星は見えないな。きみの思考部分に、ガスがしみこみはじめたんだろう」

「なにをいう。レンズがゆがんできたのは、きみのほうだろうよ」

二人はかすれた声をたてあった。それは笑い声のような響きをたてた。

「そうだ。完全に狂ってしまう前に、きみに聞いてみたいことがあった。きみは体の動きがすべて止ってしまうことが、こわいかい」

「なんだ。そんなことを、なにも聞くことはないじゃないか。われわれロボットには、こわいなんて感情がないじゃないか。なんで、そんなことを言い出したんだ」

「人間たちがあんなに死ということをいやがるわけが、わかったらなあと思ったのさ。しかし、われわれには無理なことだな。しかたがない」

「なんだか、まっ暗になってきたぜ。どうしたんだろう。星が消えたのかな」

「そうかい。それじゃあ、きっと光を感じる部分が、さびはじめたんだろう」

「いよいよ終わりなんだな。じゃあ、いまのうちに、きみにあいさつをしておくよ。さよなら」

「ああ、さよなら……」

沈黙で満ちた時間が、薄暗さのなかで流れていった。そのうち、どちらからともなく「おい」と呼びかけたようだった。しかし、これは話しかけたのか、発声の装置がしぜんに動いたのかは知りようがなかった。それに答える声も、おこらなかった。

しばらくして、ネジの押えでも腐食したのか、バネのような部分品がふるえながらどこへともなく飛んだ。そしてそのあとは、いつまでもなんの物音もおきなかった。

帰路

「あ、やっと連絡がとれた」

ずっと見つめつづけていた計器の針が、ぴくりと動いたのに気がついて、私は声をあげた。うしろに集っている関係者たちも、いっせいに緊張した。ここは宇宙通信本部。ビルの屋上の大きなアンテナが、宇宙からの電波を受信しはじめたのだ。

「こちらは地球の本部。どうぞ」

私はダイヤルをまわして、音量をあげながら言った。それに答えて、雑音にまじりながら、弱々しい声がはいってきた。

「こちらは探検隊の宇宙船。赤い惑星の調査を終え、ただいま、地球にむけ接近中」

操縦士として参加した私の部下の、聞きおぼえのある声だった。

「そうか。では、目的を達したわけだな」

「はい。いちおうの調査をすませ、全員、帰途につきました」

「それはよかった。全員無事とは喜ばしい」

「いいえ、全員無事ではありません。いま健在なのは、わたしひとりです」

「それは、どういうことだ。病気か」

「まあ、そのようなものでしょう」

と口ごもった調子になり、しばらく通信がとだえた。

「おい、いったい、どうしたんだ」

「想像もしなかったことになりました。時間がありませんから、簡単に報告いたします。あの惑星で採集した、赤いねばねばした液がもとです。帰途、ひとりの隊員がその分析をやろうとした時、それが手につきました。すぐ消毒はしたのですが……」

「それで、どうなったのだ」

「すると、彼のからだが、そこからどろどろにとけはじめ、ついに赤いねばねばしたかたまりになってしまいました」

「うむ。恐ろしい現象だな。手当てはしてみたのか」

「もちろん、あらゆる手当ては試みました。しかしそのうち、手当てをした同僚たちも、つぎつぎと……」

ロケット内にただよう、乗員の数の赤いかたまりは、考えただけでも、目をおおいたくなる。

「さぞ、気持ちの悪い光景だろうな」

「はい。じつにいやなものです。しかし、まもなく、いやでなくなるでしょう」

「それは、なぜだ」

「操縦室にいたわたしは、事態を知って、いち早くドアを閉じました。しかし、長くはもちませんでした。赤いねばねばは、ドアのすきまから、にじむようにはいってきたのです。かつての同僚のわたしを、なつかしがるようなようすで。船内では、逃げようがありません。しばらく前に、ついにわたしの足にくっつきました。わたしはこの報告を地球に伝えなければならないと、ここまで努力して操縦してきました。あ、もう腰までとけてきました。これから、あの星には絶対に近づかないように」

「わかった。では、すぐに治療班をのせた宇宙船を発進させ、むかえにやる」

「それはいけません。近づいては危険ですし、おそらく、なおしようがないでしょう。この状態が地球にもたらされたら、とんでもないことになります」

「では、どうしたらいいのか」

「わたしは、まもなく、この船体を爆発させるつもりです。その準備はすませました」

「しかし、それでは」

「死にたくありませんが、ほかに方法はないようです。あ、腹のあたりまで、とけてきました」

「ありがとう」

こちら側からは、それ以外に言うべき言葉もなかった。

「ああ、地球が大きく、美しく見えます。地上をもう一度歩きたい。あなたにも、もう一度お会いしたい。だが、それは許されないことです。では、これで通信を終わります。さようなら……」

すぐに爆発音がつづき、電波はとぎれた。だれもが息をのみ、部屋の空気は一瞬、重くなって、みなの動きを押えた。

本部を出た私の心も、足どりも重かった。さっき宇宙に散った部下たちのことを思うと、歩きながらも、夜空を見あげる気にはなれず、うつむきながら、つぶやいた。

「彼にも、もう一度あいたかったな」

私はふと足をとめ、空を見あげた。だが、そこには、美しさと、底知れぬ残酷さを秘めた星々が、いつものように、一面にひろがっているばかり。私は首をかしげ、

「おかしいな。雨かと思ったが」

と、いま、ひやりと感じた首すじのあたりをなでた。そして、なにげなく見たてのひらには、なにか赤い、ねばねばしたものが、なつかしそうな表情をたたえて……。

殉職

ご存知でしょうか。このところめっきりふえた幽霊人口を集めて、幽霊会社が作られていることを。私はその社員。のこのこと会社に出かけてゆくと、

「おい、また遅刻だぞ。おまえの働きぶりは、このごろどうもよろしくない」

と、幽霊Pがどなりやがった。Pはプレジデントの略。つまり社長だ。

「わかりましたよ。まあ、そうがみがみ言わなくてもいいでしょう」

「なにを言う。もう外はまっ暗じゃないか。われわれ幽霊の働くのは夜だ。いいかげんで頭を切り換えてくれなくては、困るじゃないか。そんなことでは……」

幽霊Pのだらだらした説教を聞きながしながら、私はつくづく身の不運をなげいた。人間死んでから、幽霊にだけはなるものでない。うそだと思ったら、なってみたらいい。方法は簡単、死ぬ時にひとこと「くやしい」とさえ言えば、だれにでもなれる。

ほかの同僚はみなその結果、幽霊になれたのだ。しかし、連中は自分の意志でなったのだし、なってからも化けてでる相手を持っているのだから、あまり不平はないらしい。

それにひきかえ、私の場合はめちゃくちゃだ。友人の恋人を横取りし、しかもそれを彼に

見せつけてあざ笑い、

「どうだ。くやしいか」

と言ったのだ。だが、すべて言い終わればよかったのだが、かの字にかかったところで、かっとなった彼に首をしめられ、そのまま死んでしまったのだ。いくらなんでも、彼の前に「うらめしや」とあらわれるのは筋ちがい。世の中で、目的のない幽霊ぐらい、始末におえないものはない。

こんな場合は自分の意志でなったのではないのだから、この段階をとばして天国にやってくれたらよさそうなものだが、やはり規則は曲げられないらしい。面白くない話だ。眠りに眠り、夜おそくなってから出勤して、ふてくされてでもみなければ、胸が晴れない。

「はい、はい。わかりましたよ。ああ、早くくびになりたい」

「ぶつぶつ言うな。さあ、おまえの今夜の仕事だが」

幽霊Pは首をかしげ、どれを割りあてようかと思案しはじめた。幽霊の仕事というのは、幽霊に出ることだ。

そして、私のように特定の相手のない者の仕事は「くやしい」と言い忘れ、幽霊になりそこなった連中にかわって出てやることだ。連中にとっては、仕事をひとにまかせて自分たちはさっさと天国に行くのだから、いい気なものだが、こっちにとってはいい迷惑。退屈しのぎになるとは言うものの、うらめしくもない相手をこわがらせようというのだから、気の乗らないこと、おびただしい。

「そうだ。いいのがあった。このあいだ自殺したバーの女の子にかわって、相手の男の前にあらわれてくれ。今夜が第一日目だから、そのつもりでな。いっぺんに驚かさないで、これからじわじわ度をあげてゆくのだ」

私はこの話に、少しばかり興味を示した。

「なかなかロマンチックな事情ですな。ひどい男だ。よし、この仕事には身をいれてやりますよ。ひとつ、もっとくわしく話して下さい。趣向をこらして、とりかかりますから」

「じつはな、その男、はじめは真面目な青年だった。そして、彼女に熱をあげ、長いあいだバーに通いつめた。好きでもない酒を、むりに飲みながらね」

「純真な青年ですな。なんだか話が逆になってきた。それで、どうなったのです」

「彼女のほうでも、たび重なるにつれて青年の悲壮なる精神にうたれ、しだいになびきかけてきた」

「どうも、めでたし、めでたしにならなくてはならない経過を、たどっていますね」

私には、ますますわけがわからなくなってきた。多くの人生のなかには、想像できないようなのがあるとみえる。幽霊Pは話をつづけた。

「いや、それからがいかんのだ。彼女がその決心をかためた時は、すでにおそかった。青年はすっかりアル中になり、女など眼中になくなっていたのだ。そして、彼女は人生の無意味さにあきれ、自殺する時も、ああ、ばかばかしい、とつぶやいただけ。幽霊にはなれなかった。まあ、ざっと、こんなわけだ」

「なるほど。深刻な事情ですね。いままで聞いた話のなかで、最も深刻だ。聞いているうちに、こっちまで気がめいってきました。働く気も消えてきましたよ。でも、やりましょう。昼間あんまり眠ったので、眠くもならない」

「たのんだぞ」

私は街にさまよい出て、指示されたいくつかのバーをまわり、やっと場末の安酒場の奥で、

とぐろを巻いているのを見つけ出すことができた。

しかし、ほかの客のいる所に出現するわけにもいかない。効果をあげ、目的を達するには、うすぐらい場所で、やつがひとりになってからだ。私はドアの外側、出口の上にうずくまって、やつがでてくるのを待つことにした。だが、あまり長くは待たないですんだ。

まもなく、やつが追い出されてきたのだ。バーテンの叫びから、それは、やつが金を持ってないことが原因と思えた。やつはたよりない足どりで、なにやらぶつぶつ言いながら歩きはじめた。

そして、やがてさびしげな路地にさしかかった。よし、とりかかるとするか。私は少し力み、からだをほの白く発光させ、やつの前に立ちはだかった。

「うらめしや……」

無理して女の声色を使ったのに、やつはあまり驚かなかった。そのかわり、目の焦点を調節するような表情で、つぶやいた。

「なんだと。もう少し大きな声で言ってくれ。おまえはだれなんだ」

「幽霊よ」

「なんだ。またか」

これには私が驚いた。だれかが先にでたらしい。社長も、ちかごろは少しぼけてきたようだ。私は幽霊Pをやりこめるために、よく聞きだしておこうと思った。

「またかとは、どういうことだ。おれが、はじめてでないと言うのか。前にも、だれかがでたのだな」

私の声は、自分の声になってしまった。だが、やつはそんなことを気にもとめずに答えた。

「ああ、出るわ出るわ。アルコールが切れると、朝っぱらから幻覚と幻聴だ。このごろはもう、なれっこだ」

私は素性《すじよう》を疑われて、少しむっとした。

「いいか、よく聞け。おれは本物だ。おまえのために死んだ女にたのまれてきたのだ」

やつは、両手を顔の前で振った。

「やれやれ、うるさい幻覚だ。本物だと主張する幻覚とは。おれのアル中も、進んだものだ。こいつを消すには、どこかで、もう少し飲まんとならんな」

「まて、少しは驚いたらどうだ。おれは幻覚や幻聴なんかじゃない。もう、こうなったら仕方がない。手をのばして、おれに触ってみろ。そうすれば、わかる」

やつは振りまわしている手を前にのばし、私のからだに触れ、悲鳴をあげた。

「や、これはいかん」

「どうだ」

「冷たい感じがしたぞ。これは、幻感とでも呼ぶのだろうか。ますますアル中が進んだらしい。気持ちが悪くなってきた。えい、どこかでぐっとやらねば、おさまらんぞ。だけど、その金がないのが面白くない」

私だって、どうも面白くなかった。

「おい、しっかりしろ。おれをこわがれ、おれは本物だ。たのむ。もっとしっかり、つかんでみろ。冷たいだろう。どうだ。頭でもひやして、よく見てくれ」

私は必死になって、しゃべりつづけた。

「まったく、うるさい幻だ。そんなに信用して欲しいなら、酒を飲ませろ。そうすれば、よく見てやるぞ」

「とんでもない。幽霊が金なんか持っているものか。まあ、なんとか、おれを本物とみとめてくれ」

「うるさい。こんなひどい幻聴は、はじめてだ。ああ、酒だ、酒をくれ」

やつは絶叫しながら、両手で虚空をつかんだ。しかし、彼にとっては虚空のつもりだろうが、そこには私のくびがある。

私は思わぬ結果に調子づき、さらにしゃべりつづけ、やつはさらに手を加えた。これで私はやっと完全に死ぬことができ、幽霊からも解放される。あの、いまいましい幽霊会社から抜けられるのだ。

同僚のなかには目的を達したあと、完全に殺してくれる相手になかなかめぐりあえず、今夜こそと出かけ、がっかりして朝帰りしてくるのも多いが、私はここでうまく死ねそうだ。

これから行く天国のことは知らないが、まじめに熱心に働いたからうまくゆくと限らないのは、どの世界でも同じことらしい。それにしても、よかった。こんなうれしいことはない。

みなさんも、心当りがないのに幽霊が現れたりしたら、こわがったりせず、この男のように近よって首をしめ、完全に殺してあげて下さい。みな、どんなに喜ぶかしれない。

相続

ベッドの上に横たわった老人は、かすかに口を動かした。いかに科学が進み、人びとの寿命がのびたとはいっても、やはり死は訪れてくる。世界でも有数の金持ちであるこの老人にも、死はすぐそばまで迫っていた。

彼ののどにつけられてある銀色の装置は、ふつうでは聞くこともできない彼の弱々しい声を、増幅して伝えた。

「おい。会社の秘書に、電話をつないでくれ」

それに応じて、ベッドのそばの椅子にかけていた、白い服を身につけた看護婦が立ちあがり、かがみこむような姿勢で、やさしく制した。

「そんな無理をなさっては、いけませんね。おからだが弱っておいでなのですから」

「わしも、それは知っている。しかし、一日も欠かさずやってきた指示を、休むわけにはいかないのだ。さあ、早く、会社につないでくれ」

看護婦は、この要求にさからえないことを、毎日の経験から知っていた。死期の近い老人には、好きなことをさせてあげるほうがいい。彼女は電話をかけ、会社を呼びだし、線を接続した。

「さあ、お出になりました。どうぞ」

老人は喜んでしゃべりはじめた。声の調子は弱々しかったが、その内容はしっかりしていた。

「ああ、わしだ。きのう指示したビール会社への投資の件は、どうなった。そうか。よし、まあいいだろう。それから、なにか報告すべき問題はないか……」

しばらくのあいだ、老人はしゃべり、また、聞いた。それが終ると、めっきり弱った。看護婦は接続を切り、老人に言った。

「お疲れになったことでしょう。注射でも、いたしましょうか」

「うむ」

赤い薬液が注射装置の力によって、乾いた皮膚の下に浸透していった。

「さあ、しばらく静かに、おやすみください」

老人は目を閉じ、看護婦は椅子にもどった。この広く、豪華な病室のなかに、静かな時間がみちた。

老人は、ふたたび目を開いた。そして、手を枕元《まくらもと》にある、ボタンのたくさんついた装置にのばそうとした。筋肉もほとんど力を失っているので、それにとどくまでに、けっこう時間がかかった。やがて、やっとそのボタンの一つに触れることができた。ボタンを押す力はなかったが、このボタンはしばらく触れているだけで、押したと同じ効果をあげるようにできている。

軽い金属的な音がひびいて、窓のカーテンが開き、そのそとに、のどかな田園風景があらわれた。

緑の牧場。草原はゆるやかに起伏し、白い何頭かの羊が、うつむきながら草を食べていた。少しはなれて一匹の犬がかけまわり、それにつれて羊が動くたびに、羊の首の鈴が、明るい音をひびかせた。牧場にそって小道があり、道ばたには夏の花が咲いていた。そして、遠くには森が。森のそばで、大きなチョウのようなものが飛んでいるのを見ることもできた。それとも、あれは小鳥なのだろうか。

老人は、それをじっと見つめた。

「あら、窓をおあけになりましたのね」

「ああ、わしの命も、そう長くはない。だから、この世の景色を眺めておきたいのだ。しかし、わしはボタンを押しちがえたらしい」

老人は指を少しずらし、べつなボタンに触れた。窓の外の景色は薄れて消え、灰色のガラスだけになった。窓の外側にとりつけられている立体投影装置は、都会のなかにあるこのビルの一室に、どんな景色をも、もたらしてくれる。殺風景なビルばかりに囲まれていては、人びとはこんな窓がなかったら、息がつまってしまうのだ。

窓のそとに、こんどは海岸があらわれた。黒っぽい岩は、それに打ちよせる波のしぶきを、ことさらに白く感じさせた。窓の上の小さなスピーカーは、それにあわせて波の音を発し、そのそばの通気口は、潮風のにおいを室内に送りこんできた。

「これをごらんになりたかったのですか」

「いや。また、ちがえた。だが、これももう二度と眺められまい。少し見ておこう」

老人は潮風のにおいを、深呼吸しようとしたが、その力は残っていなかった。彼はまた、べつなボタンに触れた。

「これだ。わしの眺めたかったのは……」

海にかわってあらわれたのは、暗黒の宇宙の光景だった。老人の目は、ほんのわずかだが、若々しい色にあふれた。

星々は、それぞれの色を誇って輝き、銀河はさっきの波のしぶきを思わせながら、静寂をともなって流れていた。窓の左はじには、地球が青く光って浮んでいた。

「宇宙をごらんになりたかったのですね」

「ああ、わしの青春は、すべてこの宇宙にあった」

老人はじっと窓をみつめ、青年のころの思い出を頭のなかにひろげた。成功を求め、宇宙船を駆って、宇宙の空間を走りまわったのだ。地球を眺め、いつの日かの、地球での安楽な生活を夢みて。

こぶしぐらいの隕石が、ゆっくりと画面を横ぎっていった。どこからあらわれ、どこへ去ってゆくともしれぬ隕石。

しかし、老人はそれを見ても、人生のむなしさの象徴とうけとろうとはしなかった。若いころのなつかしさのほうが、はるかに強かったのだ。この回想だけが、若いころのただひとつの友人だったのだ。

「なつかしい光景でございましょうね」

「ああ、孤児だったわしには、どこになにがあり、どんな役に立つものか、まったく見当のつかないこの宇宙だけが、ただひとつのはげましだったのだ」

初期の宇宙船の事故で両親を失った彼には、身寄りがなかった。そして、特に裕福でもなかったので、功名心をみたすには宇宙に出なければならなかったのだ。だが、そのような若者は、彼のほかにもたくさんいた。新しいゴールド・ラッシュをむかえ、海にあけられた魚《び》籃《く》の魚のように、宇宙船が地球からとび立った時代だった。

「運よく成功なさって、よろしゅうございましたね」

「ああ、あれだけ努力したのだからな」

老人は努力の結晶と思いこんでいたが、それは幸運と呼ぶほうが正しい。地球から空間に乗り出したもののうち、何人も事故にあって死に、あるいは帰ってこなかった。

危険をおかせば、または、遠くに行けば、それに応じて成功も大きいはずだと、人びとは思いやすいのだ。そして、大部分の者は、ただあてもなく、あせりながら空間を飛びつづけ、老い、ある時、ふと気がついて、地球にもどり、平凡な生活をつづけることになる。そのなかで、この老人の場合はちがっていた。

「ある時。そうじゃ。わしの青年時代の終りのころだったが、たまたまある小惑星に着陸した。そこで、なにげなく岩塊をひろった。それが、その後の成功をもたらしたのだ。その岩塊に含まれていた非常に弾力にとむ金属。これに興味を抱いて地球に持ちかえったのだ」

彼はその分析に熱中した。合金率、宇宙線の影響、その他を研究し、人工的に再現し、ついに弾力にとむ合金の生産に成功したのだった。

「わしはその事業をそだてるのに、あらゆる努力をした。そして、利益をあげることに、一生をつぎこんだのだ」

「だけど、なぜそうお金もうけばかりに、一生懸命になられたのですか」

「なぜって、人間には、ほかにすることもないではないか。ほかに、なにかあるかね」

「たとえば、愛情とか」

「そんなものは、問題にならん。わしがそんなものを大事に思う男だったら、宇宙にも出ていかなかったろうし、今日のような成功もえられなかったろう。いまや莫大な財産もできた。こんな一生を送ってきたことを、少しも後悔はしない。満足だ」

「でも、ご家族がないのも、さびしいとお思いになりませんか」

「そうは考えない。わしは財産によって、多くの人びとを支配している。多くの会社、団体、すべてわしの言うままになる。さびしいと思ったことなどない」

「それでも、なにか心残りが……」

こう言いかけて、彼女は口をつぐんだ。病人を前に、死のことに触れてはいけないのだ。しかし、彼は気にせず、

「ない……」

とつぶやいて、窓にひろがる宇宙の眺めに見入った。地球は少し動き、月が画面のなかにあらわれ、黄色い光をはなっていた。

看護婦は、また椅子にもどって目を伏せた。一生を成功と金銭とを得るためのみにささげ、死を前にした現在まで、さらにその金銭をふやすための指示をつづける男。彼女には、それが不可解だった。

「おい」

と老人が呼び、彼女は答えた。

「はい。なんでございましょう」

「いつもの弁護士を、呼んでくれ」

「はい。かしこまりました」

彼女は部屋のすみの電話で、その連絡をとった。

「まもなく、いらっしゃるそうです」
「ああ」
と老人は答えながらも、やはり窓の眺めに見入っていた。
しばらくの時がすぎ、ドアの上のランプが明滅し、来客のことを示した。看護婦が立って
ドアをあけると、一人の男があらわれた。さっき連絡した弁護士だった。彼はおそるおそる
ベッドに近づき、顔をこわばらせて老人にあいさつした。
「わたしでございます。お呼びでしたそうで……」
「そうだ。わしはもう長くはない。そこで、今後のことを相談するため、きみに来てもらっ
たわけだ」
「いえ、まだまだ、お元気そうですよ。そんな気の弱いことをおっしゃらなくても、よろし
いでしょうに」
「いや。なぐさめはいらん。もう長くないことは、よく知っている。そこで、わしの財産の
処理を、きめておこうと思ったのだ」
「は、どんなことでございましょう」
弁護士は、さらに緊張した。老人の莫大な財産のゆくえについては、弁護士のみならず、
多くの人びとにとっても関心の的となっていたのだから。このままなら、妻子も親類もない
老人の遺産は、政府に帰属することになる。しかし、遺言による指示さえあれば、その指定

された通りに使われるのだ。

「わしが死んでから、ごたごたしないよう、いまのうちに贈る先を指示しておこうと思う。そこで、きみをわずらわすわけだ」

「はい。決して問題の残らぬよう、はっきりと法律的に処置いたしましょう。ところで、どうなさるのですか。研究所か、慈善団体にでも、寄付なさるおつもりでしょうか」

「いや。そんな寄付はしない。じつは、わしが指定する者はな……」

老人は、ここで息をついた。問題に関係のない看護婦も、思わず耳を傾けた。

「どなたへでございますか」

「それが、人間ではないのだ」

「え。人間ではないと」

弁護士は、思わず聞きかえした。

「なにも驚くことはなかろう。いままでにも、ネコやイヌなど、自分のペットに財産をゆずった例があるはずだ」

「それはございます。だが、そんなことをお考えとは、あなたらしくもございません。この莫大な財産を、ペットなどに」

「まて、わしはペットに贈るとは言っていない。それに、わしにはペットなどをかわいがる趣味など、むかしからないではないか」

「それでは、どういうことになりますので」

弁護士はまばたきをして、老人の顔をのぞきこんだ。もしかしたら、死期が近づいて、錯乱が起ったのではないかと思ったのだ。

「なにを、そうふしぎそうな顔をする。わしは、まだたしかだ。おい……」

と、老人は看護婦にさしずし、頭に脳波測定機をとりつけさせた。その装置はメーターの針を動かし、老人の意識が正常であることを示した。弁護士はそれを見てうなずいた。つづいて、老人は彼女に、つぎの指示をあたえた。

「それから、部屋のすみにある銀色の箱を、ここに運んでくれ。重いが、車がついているから、押せば簡単に動く」

「かしこまりました。あの箱は前から置いてございましたけど、なんなのでございますか」

「いいから、早く運んできなさい」

銀色の箱は、ベッドのそばに運ばれた。それは白金で作られていて、まわりに刻まれた彫刻が、鋭い光をきらきらと反射した。老人の元気なころを知る者には、その目の光を思い出させるようだった。

「これは、なんの箱でございますか」

弁護士も、ついに聞かざるをえなかった。

「わしの相続人だ」

と老人は、はっきり言った。

「はあ。なかに、なにか書類でも入っておりますので……」

「なかにあるものは、書類などではない。精巧な装置と、それを動かす原子力電池だ。この装置が、わしの財産をひきつぐのだ」

「え。この機械がですか」

「指定したものに、財産をおくることができるはずだろう」

「はい。それはできますが、なんでこんな機械などに」

「こんな機械という言葉は、つつしんで欲しい。まもなくわしの相続人。相続税は払っても有数の財産家だ」

「はい」

「きみも希望すれば、わしの時と同じ条件で、顧問弁護士をつづけることができる。どうするね」

「はい。そう願えれば、ありがたいことです。では、遺言状の作成にうつりましょう」

弁護士は小型の録画装置を出し、脳波測定機をバックに、それを使った。同時に、修正不可能な録音テープが、老人の言葉を記録した。

「さあ、これでよろしゅうございます」

「ああ、わしもほっとした。これで、安心して死ぬことができる」

「ところで、この機械はどんな働きをするものでございましょう」

「わしは今まで、事業ばかりに熱中してきた。金もうけのほかに、なんの興味もない。財産のふえることだけが楽しみだった。このことを、死んだあとまで続ける方法はないかと考えたのだ。そこで、相当な費用をかけてこの機械を完成した。これは精巧な人工頭脳なのだ。わしと同じ、いやそれ以上に金銭について、正確な判断をくだすだろう」

「そんな能力がございますので……」

「ああ。わしの遺産を、さらにふやしつづけるだろう。わしは妻子を持たなかったことを、喜んでいる。虚栄心の強い妻、道楽むすこなどに残したら、どうなるかわからぬ。しかし、これなら、決して、むだづかいや失敗をすることはあるまい」

弁護士は言葉もなく、老人と機械とを見くらべた。ひからびた老人、鋭く光る白金に包まれた装置。二つのあいだには、大きなへだたりがあるようにも見えたが、まもなく、老人の後継者としては、これ以外にない、ふさわしいものに思えてきた。老人は、さらに話しつづけた。

「きみは週に一度、この箱の前に立ってくれ。するとこの箱は仕事をたのむから、その命ずる通りやってくれ。もちろん、費用、報酬の支払いはする。きみばかりではない、すべての者がこの箱に報告し、その指示によって、証券を動かし、そのほか、あらゆる仕事がなされるようになっているのだ。わしの念願は、いい後継者を持つことと、さらに金をふやしつづけること。この二つを満足させる装置ができ、もはや、わしにはなんの心残りもないのだ」

老人はにっこりと、会心の表情を浮かべ、目をふたたび窓にむけた。もはや、頭を動かす力もなくなっていた。

それに気づいた看護婦は、言った。

「だいぶ、お疲れのようでございます。注射をいたしましょう」

しかし、老人はそれをことわった。

「いや、もういい。注射をしたところで、あと二、三日だろう。わしはもう、思い残すことがないから、注射はいらぬ」

窓の宇宙の眺めは、依然として静かに、少しずつ移っていた。また、小さな隕石が地球と反対の方角をめざして、こんどはすばやく横切った。それは、地球から飛び立ったなにものかが、宇宙のはてをめざして進みはじめたようにも見えた。

その時。ベッドの足のほうで、赤いランプがまたたいた。

「あ、あれは」

と、弁護士がささやき、看護婦は低くそれに答えた。

「あれは、ご臨終のしらせです」

生命活動の停止を、電気的に感知して知らせる装置だった。弁護士は頭をたれた。変り者とはいえ、一代の成功者の死に際しては、厳粛な気持ちにならざるをえない。そして、だれにともなく、つぶやいた。

「ああ、とうとうなくなられてしまった。批判はあったが、偉大な人物だった。ところで、とりあえず、なにをしたものか」

すると、それに答えるように、そばの白金製の箱が声をだした。

「なにも考えることはない。おやじは死んでしまったのだ。いまさら、あわてても仕方がない」

「えっ」

と聞きかえすと、

「そうさ。これから、ぼくが相続人だ。さあ、会社にいって、金もうけをはじめなくてはならない。きょうの株式の変動の、報告を聞かなくてはならない」

「はあ。だが、すぐにでしょうか」

「そうとも。いやか。考えてみろ。ぼくはきみの主人だ。いやなら、べつな人をやとってもいいのだ。金さえ出せば、いくらでもやとえるだろう」

その声の調子は圧倒的で、逆らえないものをおびていた。

「いいえ。かしこまりました」

「では、たのむ。そうだ。きみはさっき、遺言状を作成してくれた。その費用と報酬を払おう。さあ」

箱のなかで、かちかちという音がひびき、箱についている細長い穴から、白い紙片が流れでてきた。拾いあげてみると、金額の記入された、支払い指示書だった。

「ありがとうございます」

思わず声をあげた弁護士に、箱はつぎの命令を出した。

「さあ、早くぼくを押して、会社に運んでくれ、時間がむだだ。金をふやすには、ぐずぐずしてはいられないぞ」

弁護士は箱を押し、こうつぶやきながら、ドアにむかった。

「ああ、なんと理想的な相続人ができたものだ」

帰　郷

どの窓のそとにも、なにもありゃしない。あるものは限りない暗黒ばかり、その暗黒のかなたには、数えきれない星々が散っている。

「やい、芸のない星々め。たまには点滅でもして見せたら、どうなんだい」

宇宙船の操縦席で、ぼくは何回目かの、いや、何十、何百回目かのひとりごとをどなった。白、赤、青、黄。その星々は、どいつもそれぞれの色を誇り、冷たくはあっても、たしかに、みなすばらしく美しい。だが、柔かい大気に包まれた地球の上から眺めるのとちがって、ここではどれひとつとして、またたきをしない。相手にまたたきをしないで、じっと見つめられつづける気持ち。その相手が冷たく、美しい人であればあるほど変な気持ちになってしまう。宇宙での星々が、ちょうどそれさ。美しく、冷たく、しかも長い時間、じっと見つめられつづけるのだ。長い長い時間を……。

昔にくらべてスピードがはるかに高まってはいるものの、宇宙の旅はやはり長い。それに、こう変化のない、夜も昼もない、ただひとりの旅では、実際以上に長く思える。ふと、時間の流れが止ってしまったのではないか、とも疑ってしまいたくなる。そんな時、ぼくはひとりごとを、どなるのだ。

ぼくは遠い遠い惑星にある地球の基地との連絡員を、一往復だけ志願した。いまは、その帰り道。地球をめざして進みつつある。それにしても、どうして帰り道というものは、こう長いのだろう。やはり、時間の流れが……。

ぼくは、いまどなったばかりだ。そこで、いつものように、窓のそとの星座の上に、女の子の顔を想像で描き出した。宇宙をひとりで飛びつづける者は、だれでもなにかしら幻を持つ。愛する家族、にくらしいやつ。それぞれの幻を星座の上に描き出し、ささやいたり、どなったりして退屈をまぎらす。

ぼくはまだ若くて家庭もなければ、特ににくらしいやつもない。それでも、幻は持っている。いま描きあげたこの女の子だ。いままで何回となくやってきたことなので、すぐにできた。頭のなかにスライド用フィルムがあって、虚空のスクリーンにたちまち映写してしまうみたいだ。ぼくはその女の子にむかって、顔をしかめてみせた。すると、女の子はやさしく話しかけてくる。

「だめよ、あまりどなったりしては。がまんしなさいね。これが、いつまでも続くわけじゃないの。地球は、少しずつ近づいているのよ。ゆれ動く虹のような、イルミネーションにあふれた地球の夜。何匹ものホタルのように、息づきながら夜空を横切ってゆく通信中継用の人工衛星。地球に帰れば、この星々だって、うるんだ色をおび、またたいてくれるわよ。それに、星ばかりでなく、女の子たちだって」

「ほかの女の子なんか、どうでもいいよ。きみさえ、またたいてくれるなら」

「ええ、またたいてあげるわよ。だけど、早くあたしをさがし出してくれなくちゃ、いやよ」

「もちろん、そうするさ。だけど、きみの名前は、なんというの。いつも、きみに話しかけるのに困っているんだ」

暗黒の空に浮いている、幻の女の子の顔は、ここにくるとなぞのように笑って、口をつぐ

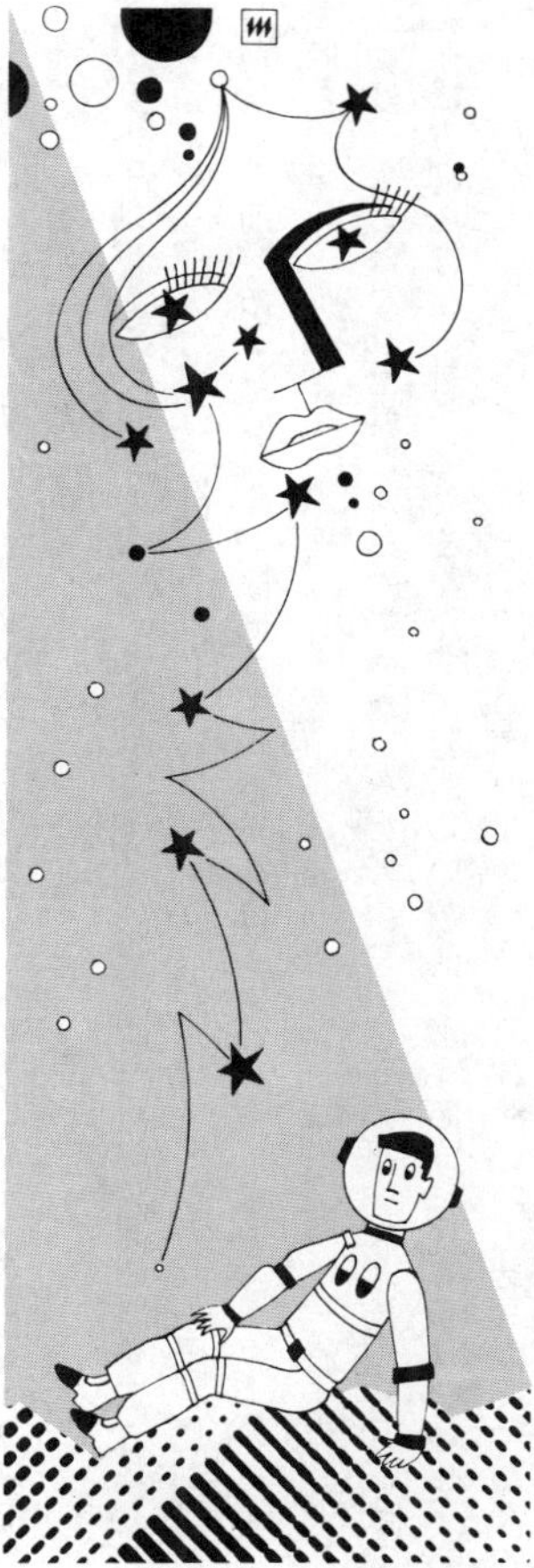

んでしまう。まあ、それも無理もないんだ。ぼくが知っているのはその顔だけ、そのほかのことは、なにも知らないんだから。

この女の子は、ここでは幻だけど、決して架空の人間じゃない。いまも地球のどこかに住んで、動いたり、笑ったり、話したりしているはずなんだ。ぼくがこの女の子を見かけたのは今から二年前。ある夏の日に、機械カーニバルに行こうとして、大型エアカーのバスに乗った時だ。

彼女は、少しはなれた席にすわっていた。そして、いや、それだけなんだ。それだけで、こんなに忘れられない気分になるなんて、おかしいかな。よくある話かもしれないし、あんまりない話かもしれない。だけど、ぼくの頭のなかから、それが追い出せなくなっちゃったのだ。

その次の年。ぼくは学校を出るとすぐ往復三年間のこの連絡ロケットの乗員を志願して、宇宙に飛び出したわけなんだが、その女の子の姿はまだ、このように頭のなかにある。あるばかりか、幻となってあらわれる。宇宙で描く幻は、その人のいちばん忘れられない者がでてくるものなんだ。こんなことなら、あの時、図々しいと思われてもいいから、名前だけでも聞いておけばよかった。

「いいよ、名前を言わなくても。ぼくは帰ったら、きっときみを、みつけ出すよ。そうすれば、すぐにわかるさ。限られた地球の上のことだもの。ぼくは、これだけ広い宇宙を飛んでいるんだ。それを考えれば、やる気になれば簡単なことさ。ぼくはこの宇宙旅行で、勇気と決断力が身についた。それに、地球へ帰れば、お金だってたくさんもらえる。すぐに、きみをさがし出すよ。そして、二人で地球の夜を歩きまわろう。光と色彩と、うるおいにあふれた地球の夜をね」

窓の外の女の子の幻は、うれしそうに笑った。

「待っているわよ。だけど、名前も家も知らなくて、どうやってさがすつもりなの」

「ああ、ぼくもその方法は考えたよ。顔だけしか知らないんだからね。だけど方法はあるさ。地球に帰ったら、すぐに絵を習うんだ。頭のなかに刻まれているきみの顔を、紙に書くんだ。モンタージュ会社にたのんでもいいけど、ほかの人の部分をつなぎ合わせて、きみの顔を作るのは、あまりいい気持ちじゃないし、きみだっていやだろう。しかし、待ちきれなくなって、その簡単なほうを選んでしまうかもしれないな。いずれにしろ、きみの顔を描いた物をほうぼうに配れば、きっとさがし出せると思うよ。限られた地球の上のことだもの」

ぼくは窓のそとの大きな青い星をみつけだし、女の子の幻をずらして、その星が耳にくるようにした。

「どうだい。このイヤリングは。きみは赤いほうが好きかい。ぼくはきみには青いほうが似合うと思うけど」

黄色、緑など、いろいろな色の星をイヤリングがわりにつけかえた。これが、退屈なとき、だれに気がねもなくロケットのなかで、ひとりでできる遊びなんだ。

しばらくそれに熱中しているうちに、宇宙船のなかで、カチカチという音がまばらにおこりはじめ、その音がしだいに多く、激しくなってきた。

「いやだな。嵐《あらし》がきたぞ、宇宙線が強くなってきたようだ」

「しっかりしてね」

船体には、隕石を探知し、自動的に衝突を避けるためのレーダーが装備されているが、宇宙線の嵐のなかでは、それが充分に効果をあげなくなる。

「ああ、大丈夫さ。いままでに宇宙線の嵐には何度もあったが、事故はなかった。それに、すごく確率が小さく、そんな事故はめったにないそうだ。こんどだって、無事に通りぬけられるだろう。だけど、万一のこともあるから、宇宙服は着ておこうかな」

ぼくは宇宙服をつけ、うるさい宇宙帽は背中にはねあげた形で、万一にそなえた。計器はあいかわらず激しい音をたてつづけ、警戒状態であることを告げていた。めったに事故はおこらないとはいえ、この音を聞いていると、ゆううつになる。宇宙を旅行する者にとって、最も不安でいやな音。祈りをうながすような音。ぼくは幻の女の子に言わせた。

「ずいぶん音が強くなったじゃないの。がんばってね」

そして、自分でそれに答えた。

「ああ。ぼくは地球に帰って、きみをさがさなくちゃならないんだからな。まあ、隕石はめったに当らないものさ。その確率となると、たとえば、ぼくが空港におりた時、きみがそこに立っているぐらいの割合さ。なんだか、変な話になってしまったな。偶然を祈っているみたいで……」

静かな船内に、計器の音がつづく。

とつぜん、衝撃があった。女の子の幻は消え、大きな音があたりをあばれまわり、ぼくは壁に飛ばされた。飛ばされながら、壁面にあいた大きな穴を見た。隕石がつき抜けていったのだ。背中の宇宙帽は、急激に下りはじめた気圧に感じて、すぐに自動的にぼくの頭にかぶさった。

すべては一瞬のうちにすぎ、落ち着きをとりもどしてあたりを見まわした時には、穴は作動した修理装置によって、一応ふさがれていた。

ボタンを押し、船内にボンベから新しく空気をみたし、宇宙帽をはねあげた。宇宙線の嵐はいつのまにか去ったらしく、計器の音はやんでいた。ぼくは被害を点検しながら、つぶやいた。

「ひどい目に、あっちゃったな。まさか、本当に隕石があたるとは。まあ、いいや。こんな偶然が起るところをみると、空港におりたとたん、きみをみつけるようなことも起るかもしれない。そう考えると、すがすがしい気にもなる。すがすがしいのは、空気が変ったせいかな。そうだ、さっきまでの退屈なため息ばかりの空気は、あの穴から真空の宇宙へみんな出ていってしまった。ずっとうしろの、二度と会うことのない彼方へ。いまぼくの吸っているのは、地球からつめてきた、にぎやかな空気ばかりだ。人びとがささやきあい、わめきあった空気なんだから。ああ、きっと、きみの吐いた空気もまざっているかもしれないな。きみは、どんなにおいを持っているんだい」

ひとつずつ点検をつづけているうちに、ふいにぼくの頭がかっと燃え、さっと冷えた。たいへんな被害をみつけたのだ。電源の部分が、やられている。予備の電力はあるが、このままでは、地球まで直行はできない。いずれ、レーダーも舵も働かなくなり、いつかはもっと大きな隕石に衝突する。

そこで、ぼくはこの場合に最も適当と思われる方法をとった。信号カプセルを切りはなした。これは虚空に浮かんだまま、救助信号を打ちつづける。〈隕石に衝突、地球までもたない。もよりの惑星に不時着して、救助を待つ〉と。つぎにこの航路を通る連絡宇宙船が、これを受信して救助にきてくれるためのものだ。

ぼくは予備電力を使って、いちばん近い惑星系に進路を変えた。

目がさめた。そして、さっき灰色の雲が窓の外を勢いよく流れていたのを、すぐに思い出した。故障のある船体を操って、やっと着陸させたものの、衝撃が激しく、ちょっと気を失ったのだ。ぼくはからだをおこし、窓のほうをむいた。救助がくるまでのあいだをすごす、この未知の惑星を早く見ようとして。

だが、すぐに目を伏せた。五秒間であきてしまう眺め。まだ夢のなかにいるような眺め、子供の時に見た、いやな夢のような眺めだ。

すべてに色がない。なにもかも灰色。空いちめんにたれこめた雲が、どの地平線までもすきまなく塗りたてている。隕石を避けるため、大気のあるこの惑星を選んだのだが、まさか、その下がこんな光景とは。地平線には山脈が起伏している所もあるが、それも灰色。そして、地平線からここまでの大地も、すべて灰色。ところどころに起伏と濃淡はあっても、色というものが、なにひとつないんだからひどい。

いやな夢より、もっとひどい。夢には時どき、色がついていることがあるけど、ここにはそれもない。また、どんないやな夢にも、動きがある。だが、その動きさえないんだ。動きのない、色のない世界。考えられる最もつまらない写真をひきのばし、部屋じゅうに張りつけたようだ。ひどい星に、おりちゃったな。

ぼくは動きと色とが、たまらなくなつかしくなった。しかし、船内を見まわしても、動くものはなんにもない。この着陸のために、予備の電力を使ってしまったんだろう。照明も消え、メーターの針はどれもじっとして、ふるえもしない。しかたないから、固型食料の緑色の粒を水に入れた。つやのあるその緑色の粒は、水のなかでとけて、水を赤く変えた、いつもはなんの気なしに見すごしているこの変化も、窓から入る光をうけて、つぼみを開く熱帯の花のように華やかだ。

しかし、それを飲みおえると、五秒であきてしまった景色を眺めつづけるほかにない。そこに幻の女の子を描きあげた。

「ごらんよ。ひどい星に不時着しちゃったぜ。さっきまであきあきしていた宇宙より、もっとひどいじゃないか。宇宙には動きはなかったが、色があった。だけど、ここには色さえない。きみにつけてあげる、イヤリングもないんだ」

灰色ばかりの世界をバックに、彼女は答えた。

「がまんするのよ。生きてさえいれば、救助されて、地球に帰れるじゃないの」

「そうとも。ぼくは地球に帰らなくちゃならないんだ。そして、きみをさがし出し、色であふれる地球でずっと暮すんだ。青空を流れる白い雲。白い波の散る青い海。緑の山、花、虹。笑い、さわぐ人間のいっぱい住む星。地球は宇宙で、いちばんすばらしい星さ。宇宙に出てみなければ、わかんないだろうけどね。それに、きみがその上にいる星だもの。そこは人間の帰るべき星だ。こんなばかげた星じゃ、死ねないよ」

幻の女の子は、そのうち薄れはじめた。つづいた緊張のあとなので、眠気がおそってきたからだ。少し寝よう。不安のため、いやな夢を見るかもしれない。だけど、どんな夢だって、この眺めよりかはいいだろう。

しばらくして目をさますと、窓のそとに、ほんの少しだけ変化があった。もちろん、大きな変化のあるはずがない。ただ、さっきにくらべて薄暗くなっただけだ。地球の夕焼けが、とてもなつかしくなった。救助がくるまで地球時間で三カ月ぐらいはこの星で待つわけだが、それまでに、この芸のない夕暮れ、そして、おそらく同じように芸のない夜明けを、何度見なくてはならないんだろうか。この惑星の一日がどれくらいかは、わからないが、何度見たって、ちっとも好きにはなれないだろうな。

ぼくは、また食料の錠剤をとかした。それは薄暗い船室内で、色を変えながらとけた。電源はなくても、空気と水の浄化は化学触媒で行なわれるから大丈夫だし、この赤い粒もたくさんある。救助までは充分にもつ。この退屈な景色だけは、どうにもならないけど。またしばらく眠り、目がさめてみると、なにもかも闇となっていた。灰色の雲が空をおおっているこの惑星では、星が見えるはずはないんだ。光るものは、ひとつも見つからない。

つぎに目がさめた時も、やはりすべては闇だった。まっくらな宇宙船のなかの、まっくらな窓から、まっくらなそとをのぞいた。その闇の上に、幻の女の子を描き、話しかけた。

「ずいぶん長い夜だなあ。こんな長い夜って、あるかい。ぼくのひげも少し伸びた」

「たぶん、この星の自転がゆっくりなのよ。いまに、きっと夜が明けるわ」

「だけど、この星の一日はどれくらいなんだろう。何日、いや、何週間もつづくんじゃないだろうか。いやだなあ、この闇というやつは」

「しようがないわね。動きのない、灰色だけの眺めでもいいから、早く見たいんでしょう」

「ああ。いやな星だけど、昼間には明るさだけはあった。これじゃ、緑の粒のとけるところさえ見えない。明るさが欲しいな。またたかなくてもいいから、色とりどりの星も見たい。すべてがそろっている地球へ帰りたい」

「おとなしく助けを待っていなくては、だめよ。あせったりすると、神経が疲れるばかりじゃないの。さあ、あまり気をつかわないで、あたしをじっと眺めているのよ」

ぼくは闇のなかで、幻の女の子を長い時間、じっと見つめつづけた。彼女は今までより、ずっとはっきりしてきた。長くたれた黒い髪の一本一本、耳のそばにある小さなホクロまでわかった。

完全な闇は、記憶を深い底のほうから、くみあげる作用を持っているんだろうか。

「そんなところに、ホクロがあったのだね」

「そうよ。いままで気がつかなかったのね」

「ああ。闇は、なんでも思い出させてくれるらしい。きみがこんなにはっきり見えたことは、なかった。夜が明けたら、写生してみようかな。どうせこの調子だと、昼も長いんだろう。計器を見ることもなく、ただ、待つだけなんだから、時間さえかければ、うまく書けそうな気がしてきた。そうすれば、退屈もまぎれるし、地球へ帰ってから、すぐきみをさがしはじめることもできる」

「うまく写生してね」

「するとも。早く夜が明けないかな」

何度か眠り、何度かめざめた。しかし、あいかわらず、がまんできない闇が、ぎっしりと並んで、動かずにいた。同じ闇でも、地球の闇はさびしさ、にぎやかさ、やさしさなどをいっぱい含んでいる。だが、ここの闇は、なにも含んでいない。闇のために、ますますはっきりしてきた彼女を除いては……。

「長い夜だな。もう五日ぐらいたったような気がするが、実際は三日なのかな。それとも、十日ぐらいたったのかな」

この星の闇は、時の流れさえも含んでいない。

「よけいな心配したって、しようがないじゃないの。あたしを見つめて、待つのよ。焦ったりすると、気が狂うかもしれないし、それに待つ以外にないじゃないの」

「そうだけど、こんな夜の時に救助船が来たら困るな。昼の側にいる時なら、すぐ見つけだしてくれるだろうが、夜の側ならレーダーを使わなくてはならないから、時間がかかる。もし見つけそこなって、引きあげられてしまったら……」

「ほら。そんなふうに心配しはじめたら、きりがないじゃないの。大丈夫よ。きっと見つかるわ。さあ、あたしだけを見つめて待つのよ」

彼女の顔は、闇のなかでいっそう、いきいきとしてきた。手でさわれそうにはっきりし、息づき、表情をかえ、いまにも声を出しそうにくちびるを動かした。

「きみのほんとうの声は、どんななんだい」

いかに記憶が浮かびでても、聞いたことのない彼女の声だけは、どうしようもない。

「地球へ帰って、あたしをさがし出して、名前を呼んでくれれば、すぐに答えるわよ」

「それまでは、だめだな。地球へついたら、すぐにさがし出して、呼びかけるさ。それにしても、長い夜だな。早く写生にかかりたいんだ」

「写生はいつでもできるわ。それまでは、じっと待つのよ」

何度か眠り、目ざめ、彼女と話し、また眠った。

「おい、起きろよ」

どこからか、男の声がした。

目をあいてみたけど、やはり闇だけがひろがっていた。声は夢のなかだったのかもしれない。しかし、また聞こえた。

「おい、しっかりするんだ。助けにきたぞ。信号カプセルの合図で知った。おそらくこの星だろうと見当をつけたが、すぐに見つけた。きみは運がいい。さあ、おれの宇宙船で、いっしょに地球に帰ろう」

「そうだったのか。ぼくは助かったんだな。ああ、地球。明るく華やかで、動きがあり、なんでもある地球へ帰れるんだな。この星はひどい所だぜ。よほど自転がおそいのか、なかなか夜があけないんだ。それにしても、この闇のなかで、よく見つけてくれた。持っているんなら、ライトをつけてくれよ。ぼくはこの長い夜に、うんざりしたんだ。さあ、早く。なんでもいい、光を見せてくれ。おい。なぜ、だまっているんだ」

しばらくして、闇のなかから低い声が聞こえてきた。

「きみは事故の時に、宇宙線を目に受けたんだ。それで視神経がすっかりやられて……」

闇のなかに、幻の女の子があらわれた。ぼくはそれに叫ぶように呼びかけた。

「ぼくは、もう地球になんか帰りたくない。きみとここにいて、いつまでも話しているんだ」

男の声がしかるような調子で言った。

「どうしたんだ。なにを言い出すんだ。目をやられたって、きみはまだ若いんだから、そのうち治療法だって完成するさ。それに、地球には音、味、すばらしいにおい、女の子の肌。楽しいものは、いっぱいある。こんな所とは、くらべものにならないじゃないか。さあ、帰ろうじゃないか。すばらしい故郷、われわれの地球へ」

著者よりひとこと

新潮文庫で『ボッコちゃん』が出ている。私の初期の作品から五十編を自選した短編集である。それをまとめるに際し、新潮社以外の出版社の本からもってきたものもあった。すなわち、この『悪魔のいる天国』からもである。その時は、これが新潮文庫に入ることは、予想もしなかった。

それが現実のことになったのである。同じ社の文庫に同一の作品が重複して収録されるということになり、本来ならここでそれを除外すべきなのだろうが、その気になれず、もとの本の形のまま文庫におさめた。『デラックスな金庫』『誘拐』『肩の上の秘書』『ゆきとどいた生活』『追い越し』『診断』の六編の重複をご了承下さい。

そもそも『悪魔のいる天国』は真鍋博さんのイラスト入りの書きおろし短編集という、前例のないことを目標に書きはじめた。長編ならまだしも、短編のそれは予想以上に大変だった。短編を発生させるには、雑誌の締切日の必要なことがよくわかった。ついに私も途中でねをあげ、雑誌発表のものもまぜて、本にまとめたのである。そんなこともあり、とくに愛着のある本なのである。

真鍋さんには版を変えるたびに新しくイラストを描いてもらっている。この文庫でもまた同様。こんなに何回もやっていただいた例は、ほかにない。いつもお世話になります。

昭和五十年六月

星　新　一

解説

青木雨彦

「あとがきとは、どうあるべきなのだろうか。これが私には、いまだによくわからない」

と言った人がいる。ほかならぬ星さんである。

そういうことならば、解説とは、どうあるべきなのだろうか。これが、わたしには、よくわからない。

文庫に、

「解説」

というものがつけられるようになったのは、いったい、いつごろのことだろうか。文庫という形式が考え出されたときからだろうか。

星さんは、

「世の中には、あらゆる分野の評論家がいるが、まだ、あとがき評論家なるものにはお目にかかったことがない。また全集ばやりでもあるが、あとがき全集なるものもない。そういうたぐいが出現し、あれこれ論じてくれれば、模範的なあとがきの形式も確立することになるわけであろう。早くそうなってくれるよう祈っている」

とも書いている。されば、このわたしも、

「世の中には、あらゆる分野に評論家がいるが、まだ、解説評論家なるものにはお目にかかったことがない」

とつづけたいところだが、それでは、あまりに芸がない。

しかし、文庫ばやりではあるが、解説だけを集めた文庫がないのも、事実なのである。そろそろ、星さんなら星さんの作品について、こういう文庫の解説だけを集めた文庫ができてもよさそうなころではあるまいか。

そうすれば、このわたしも、もう少しましな解説を書くことができる。そうして、敬愛する星さんに、

「へんな解説を書いたなあ」

と笑われないですむようになる。

それというのも、星さんの作品については、星さん自身が、

「解説を必要とするほどの難解な作品は、ほとんど書いていないつもりである。そもそも私は、作家は作品を通じて理解すべきものと考えており、解説無用論者である」

と言っているのである。これに、わたし如きが、なにをつけ加えようというのか。

だから、この文庫に、

「星さんの作品の解説を書くように」

と言われたとき、わたしは、とっさに首をひねり、

「あ、また星さんのコレクションがはじまったな」

と思ったものだ。星さんは、外国漫画のコレクションや根付けのコレクションでも有名であるが、ことによったら、文庫の解説のコレクションをはじめたのかも知れない。そう思った。

それにしても、わたしは、

「読者は、解説によって文庫を買うわけじゃないから」

という友人の言葉に支えられて、この文章を書いているのである。そうでもなけりゃ、

「誰が、オマエに、解説を頼むものか」

友人は、そうも言ったことだった。

さて、星さんである。星さんについては、あの太宰治《だざいおさむ》と星さんとの結びつきが、わたしには意外だった。四十六年十一月十日発行の雑誌「文藝春秋」の臨時増刊「日本の作家一〇〇人」で、

「私がもっとも影響を受けた小説」

というアンケートに答えて、星さんは、次のように言っている。

読みふけった小説といえば、太宰治の諸作品。もっとも、戦後の作品はあまり好きとはいえないが。読みかえした回数の最も多いものとなると『ダス・ゲマイネ』で、つぎには『二十世紀旗手』がくる。

よくもまあ、これだけユニークな文体を創造したものである。絶妙のメロディー。文体に聴きほれるには、物語の起伏構成などないほうがよく、私が前記の二作を特にあげるのは、そのせいかもしれない。こういった百年に一人の才能に、まともに挑戦するのはむりというものだ。

私は自己の文体を乾いた空気のごとく透明にするようつとめ、物語の構成にもっぱら力をそそいでいる。太宰と逆の方向へ走らねばと、気が気でない。この意識をふり払うことができれば、私の作風も一段と幅ひろいものになりそうなのだが、できそうにない。

若い日の星さんが、レイ・ブラッドベリの『火星年代記』を読んで、
「人生の道が変った!」
と感じたことは、ひろく知られている。そのことに関しては、星さん自身も、星さんが継いだ父君の製薬会社が潰《つぶ》れてから、
「会社を人手に渡し、解放されると、なにか心に大きな空虚ができた。そこにあらわれたの

がSFである。かぜをひいたある夜、ブラッドベリの『火星年代記』を読み、たちまちその宇宙に包みこまれてしまった。この本とのめぐりあいがもう少し前後にずれていたら、私はSFを書きはじめたかどうかわからない」

と述べているほどである。

しかし、ブラッドベリに会う前の星さんは、太宰に惑溺《わくでき》していたのである。それも、太宰がパビナール中毒の悪化で、死と隣り合せに書いていた『ダス・ゲマイネ』や『二十世紀旗手』の世界に！

作家について語るには、作家をして語らしめるのがいちばん手っ取り早いが、図らずも星さんが、

「太宰と逆の方向へ走らねばと、気が気でない」

と言ってしまったとき、その星さんの胸中をよぎったものは、なんであったろうか。星さんの作品が「気まぐれ、残酷、ナンセンスがかったユーモア、ちょっと詩的まがい、なげやりなところ、諷刺《ふうし》的なところ」から成り立っている——とは、これまた、星さん自身の言葉ではあるけれど、同時に、わたしたちは、星さんのそれが恐ろしいほど虚無的な姿勢につらぬかれていることも忘れてはなるまい。ひょっとしたら、星さんの小説は、人間不信の小説かも知れないのである。

星さんの作品に、ベッド・シーンと殺人シーンの描写がないからといって、星さんの作家

精神を、

「健康」

とキメつけるぐらい軽率なことはない。ベッド・シーンは知らず、殺人シーンなら、星さんは、もっとひどい人類絶滅の物語を何遍も書いている。

こうしてみると、

「いつのころだれが言い出したのか知らないが、小説とは人間を描くものだそうである（傍点筆者）」

という星さんの小説理念がわかるというものだろう。星さんは、

「最近のことはわからないが、わが国の作文の授業では、遠足なり家庭生活なりを、ありのままに目に見えるように書くといい点がもらえ、模範答案となる。これに反しアメリカでは、友だちを招《よ》んでのパーティーの席上で面白い物語を作りあげて話した子供が、人気者となるのではなかろうか。作家を発生させる土壌のちがいである」

とも言っている。これが、星さんの小説の原点である。星さんがショート・ショートという形式を選んだのは、単なる便法に過ぎない。

ここで、もうひとつ、意外なことを挙げれば、星さんの好きな小話に、こういうのがある。

精神病院の浴室で、患者が風呂の中に釣り糸を垂れ、じっと見ている。医者がからか

い半分に、

「どう？　釣れますか」

と聞いたら、患者が答えて、

「釣れるわけがないでしょ？　ここは、風呂場ですよ」

わたしが、

「意外だ」

と言ったのは、じつは、この小話そのものではない。この小話について、星さんが、

「これ、カミュの作品に出てくるんですよ」

と言ったことだ。

「カミュって、あのアルベール・カミュのことですか？」

わたしの問いに、

「ええ」

と、星さんは答えたものだ。

「ただし、どの作品かは忘れてしまいましたが……」

ついでながら、太宰治の『ダス・ゲマイネ』には、

「手紙というものは、なぜおしまいに健康を祈らなければいけないのか。頭はわるし、文章はまずく、話術が下手くそでも、手紙だけは巧い男という怪談がこの世の中にある」

という文章がある。じっさい、頭はわるし、文章はまずく、小説が下手くそでも、

「あとがきだけは巧い男」

という怪談が、この世の中には存在している。わたしには、星さんが、

「童話集はべつとして、私は小説の本にあとがきを書いたことがない」

と言っている理由が、心にしみるのである。


念のために書き添えておくと、この短編集『悪魔のいる天国』は、昭和三十六年十二月に中央公論社から発行され、四十二年に早川書房から改装版が出た。著者としては『人造美人』『ようこそ地球さん』に次ぐ、三冊目の短編集である。

（昭和五十年五月、コラムニスト）

この作品集は昭和三十六年十二月中央公論社より刊行され、
昭和四十二年六月に早川書房早川ＳＦシリーズに収録された。

新潮文庫最新刊

悪《あく》魔《ま》のいる天《てん》国《ごく》

新潮文庫　ほ - 4 - 6

昭和五十年七月二十五日　発行
平成　元　年四月十五日　三十七刷改版
平成二十一年九月三十日　八十二刷

著者　星《ほし》　新《しん》　一《いち》

発行者　佐藤隆信

発行所　株式会社　新潮社

郵便番号　一六二―八七一一
東京都新宿区矢来町七一
電話　編集部(〇三)三二六六―五四四〇
　　　読者係(〇三)三二六六―五一一一
http://www.shinchosha.co.jp

印刷・株式会社光邦　製本・株式会社植木製本所

ISBN978-4-10-109806-7 C0193